U0127170

David Lodge

THE MAN WHO
WOULDN'T GET UP
AND
OTHER STORIES

David Lodge

赖的床男人

THE MAN WHO WOULDN'T
GET UP AND OTHER STORIES

[英] 戴维·洛奇 著

王家湘 周曦 译

新 星 出 版 社 NEW STAR PRESS

目录

先被德国兵发现，而恰巧走过他们身旁的路人就是个德国兵。

"装甲车正在逼近。"蒂莫西说。

德雷古带着大家进入了一个私家高尔夫球场的车道上。两个推婴儿车的妇女从人行道上经过时，他们躲在汽车丛里。蒂莫西不经意地四下张望着，突然猛地坐了起来。

"看！"他低声说道，简直无法相信自己有这么好的运气。大约三十码以外，在一片杂草丛生的地方有一个歪倒西斜的木棚子，被高尔夫俱乐部的栅栏遮住了，从路上看不见。一块木板告示牌靠在一面墙上，上面歪歪扭扭地写着"出售烟花爆竹"。

他们慢慢站起身来，默默地、惊讶地互相看了看，向德里走去。屋门开着，里面有一个老人坐在桌旁看报纸，面前还放着�干。他头顶上方贴着"禁止吸烟"的告示，已经褪了色。他抬起头看了看，从嘴里拿下了烟斗。

"有事吗？"他问道。

蒂莫西看着德雷古和艾迪，寻求帮助，但他两只顾目瞪口呆地望着那人，以及堆放在地上的落满尘土的木盒子。

"呃——你这里没有烟花爆竹吧？"蒂莫西终于鼓起勇

序　言

　　对于薄薄的一册书而言，这本书有一个长且复杂、但我希望还算有趣的来历。20 世纪 90 年代，我的小说由位于苏黎世的哈夫曼出版社以德语译文出版。出版社的社长格尔德·哈夫曼先生是一位精力充沛、热情洋溢的出版人，他问我是否写过短篇小说，他可以出版一本短篇小说集。我翻阅了文稿，告知他只有六篇我认为值得再印，显然不足以成书。但是哈夫曼出版社出版过许多颇有吸引力的小开本书。1995 年，格尔德以《夏日故事，冬日轶事》为名，出版了我的六个短篇故事，我根据故事发生的季节背景建议了该书名。我的小说的其他一些欧洲出版商问我他们是否可以照办，没过多久，波兰、葡萄牙、意大利和法国也出现了类似的版本。意大利的邦皮亚尼出版社和法国的里瓦日出版社更愿意用第一个，即最早那个故事的标题作为书名。我意识到《赖床的男人》这个书名更耐人寻味。

小说与短篇故事最明显的区别是，读者通常一开始读短篇故事时就打算一口气读完，而读小说则会以一种更加悠闲和不规律的方式——在有机会时，听凭个人意愿拿起或放下书本。从某种意义上来说，我们通常急于读到一个短篇故事的结尾，但我们很可能会为读到一部深受喜爱的小说的结尾而感到遗憾。然而，一本小说的意义具有生命本身的开放性和多重性，而短篇故事通常则只有单一的意义，在结尾时向我们全面揭示。它可能采取情节扭转的形式，或是一则神秘事件的水落石出，又或是突然的认知及意识提升的那一刻——就是詹姆斯·乔伊斯所称的，借用宗教的语言——一种顿悟。

出于显然而现实的原因，大多数小说家都是以写作短篇故事开始了他们的写作生涯，我也概莫能外。但是在我十八岁的时候，我也试着完成了一整部小说。虽然它达不到出版的条件，但它表明了我对长篇叙事的偏爱。当格尔德·哈夫曼出版了我的六个短篇故事时，我隐约希望我最终可以为英语市场写出足够多的新作品，用于编成可以发行的短篇小说集，但我对故事的构想似乎总是会扩展成小说的形式。因此，几年后，当我收到用英文出版一百册这六个短篇故事的限量版的邀请时，我很高兴地接受了。这意味着我可以有几篇"作者原稿"留存，作为这些短篇故事的永久记录，而不会妨碍在未来将它们作为更大合集的一部分来出版的可能性。这个建议来自汤姆·罗森塔尔，他改变了我作为一名小说家的命运。作为塞克和沃伯格出版社的总经理，在其他三家出版社拒绝我后，他于1975年成功出版了《换位》。汤姆1998年起不再参与商业出版社的全日工作，但与此同时，他创办了一家名为布里奇沃特出版社的小型私人企业，为收藏家出版令人垂涎的限量版书籍。1998年，《赖床的男人》精装版发行，这些故事被印在档案羊皮纸上，用拉奇福德大西洋布装订或用（需额外收费的）图书专用小牛皮做四分之一皮脊装订。

时间跳到2015年6月5日，我收到一封由我在柯蒂斯·布朗公司的经纪人乔尼·盖勒的助理凯瑟琳·秋转发的电子邮件。

发件人：费利宾·海曼

日期：2015 年 5 月 28 日，23 点 57 分

收件人：盖勒办公室

主题：向洛奇先生致敬

亲爱的盖勒先生：

　　我有一个关于戴维·洛奇的特别请求。

　　这是给他的一个惊喜，所以我们之间能否保守这个秘密？

　　我是戴维·洛奇的狂热信徒，也是一名家具设计师。事实上，在我读完短篇故事《赖床的男人》后，这个职业才浮现在我脑海里，它给了我制造一种特别的混合家具的愿望，让叙述者实质上可以在待在床上的同时，又能在我想到的构建中工作，而这个构建是书桌和安乐椅的混合物。

　　这个"愿望"决定了我要学习家具设计，因为对我而言，这个故事是有史以来最精彩的短篇小说之一。我想把一件完成的作品寄到作者的府上，向他致敬，向他致谢，并作为那个赖床的男人的解决之道。也许

这是一个富含隐喻性的故事，但因其而产生的一件非常严谨、符合人体工程学的家具，在2015年的米兰家具博览会上大获成功。

你认为他会高兴吗？

我需要他的地址。

如果有所帮助的话，我可以给你看它的图片和视频。

感谢你的配合。

衷心地

费利宾·海曼

（我来自法国，2007年从索邦大学现代文学专业毕业后，在伦敦研究家具。）

邮件中附上的是一组非常引人注目的照片，是关于在米兰家具博览会上展示的安乐椅书桌。在随后的一封邮件中，费利宾·海曼说可以把它拆开，装进一个可以方便搬运的盒子里，但凯瑟琳告诉她，他们公司不能与她串通一气，寄给我一件大块头的家具作为惊喜礼物。她问我对于这个不寻常的提议有什么打算。一番深思熟虑后，我对费利宾的回答如下：

亲爱的费利宾·海曼：

我的文学经纪人乔尼·盖勒的助手凯瑟琳·秋已经给我发来了你 5 月 28 日的来信，说你在我的短篇故事《赖床的男人》的启发下，打算非常慷慨地向我赠送你制作的那件漂亮家具。我想这一定是一名读者对作者最具独创性的致敬。当然，我很想看到它，并试着躺在上面。但问题是，在我的房子里没有可以放置的空间了，除非挪走日常必备家具。

在我看来，你的床桌不仅是一件家具，也是一件三维艺术品，在意大利家具博览会上博得眼球，我并不感到意外。我一直在想，能否说服伯明翰——这座我一直生活并为人所熟知的城市——的某家画廊以礼物的形式接受这件作品，并把它拿来展出（或许偶尔），而在不展出时将它安全地保管起来。也许这一装置可以让参观者真正躺在上面，并通过这个脸洞来阅读你为何要制作这件家具的说明。从你发给我的照片来看，当它在米兰展出时，你就是用这种方式提供了一些说明性材料。

　　我对这个项目的成功没有信心，但是如果你同意的话，我愿意试试。也许观众可以通过耳机听我读短篇小说《赖床的男人》的录音。遗憾的是，这个故事在英国还没有出版。想必你是从六个短篇故事的小说集中读到《赖床的男人》的法文版（里瓦日出版社），这本书在英国只为收藏家出版过小型的限量版，尽管它已经在其他几个国家出版过。

　　祝好

戴维·洛奇

费利宾的反应是积极而热情的：

　　读了你的电子邮件，我感到荣幸，并且非常快乐。小时候，我习惯于看到父母的床头桌上放着你的作品，十几岁时我开始读你的书，直到现在仍然在读！《赖床的男人》是我最喜欢的短篇故事，而当我为课程需要，想找这篇作品的英文版的时候，居然怎么也找不到，这使我感到非常惊讶。总之，我想向你表示感谢，因为它对我有着极大的影响，并由此诞生了我学年里最重要的家具设计研究项目！

　　你想把该家具存放起来，在伯明翰的画廊里展览，我认为这个想法很好；而能够听到你的声音，由你朗读这个故事，将会为其添加第四个维度。我还不知道有哪个家具设计项目和文学有如此积极的合作，为此我感到非常激动。

　　我意识到，这事并不能由你完全做主，而且可能不会成功，但是你愿意一试，我十分感动。

　　来自伦敦的最好祝愿

费利宾

　　受此鼓舞，我将想法付诸行动。我脑子里特别想到的伯明翰画廊是圣像画廊①，这是一家资助性的画廊，展出英国和世界各地当代艺术家的作品。画廊坐落在布林德利广场，是伯明翰的中央艺术和娱乐区的一部分，其前身是一所维多利亚时代的红砖学校②，经过精心修复后被用作画廊。

①亦可音译为艺康画廊、伊肯画廊（the Ikon），国际知名的现代艺术展览馆。
②指英国地方设立的、相对于历史悠久的牛津剑桥而言较新的大学。

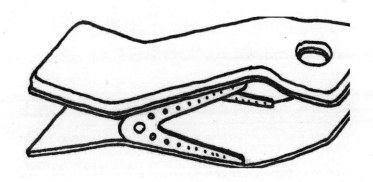

除了巨大的展厅之外，圣像画廊还有一间圆柱形的塔楼屋，那里经常和画廊的主展览同时展出一些小型装置。这间屋子一次可以容纳六个人左右，我觉得是展出费利宾作品的理想场所。我妻子玛丽和我都是画廊的资助人。我和乔纳森·沃特金斯主任很熟，觉得他会赞同我的想法。我想对了。他立刻就接受了，他的同事对此也同样热心。于是我便南下去了伦敦，到白教堂地区伦敦都市大学的卡斯艺术与设计学院去见费利宾，我认出她就是米兰的展览会照片里那个高挑、穿牛仔裤的年轻女子，当时她正在演示如何使用安乐椅书桌。见到她以后，很快我就感到她是个聪明可爱、极有领悟力的人。我看到了那张正准备参加学院夏季展览的安乐椅书桌，更加赞赏那流动的线条，那不同材质和色彩的结合——天然木材、深灰色的织物和钢材。我俯卧其上，以验证通过上层的圆孔能够舒适地阅读放在下层的一本打开的书。

九月，费利宾来到伯明翰，参观了圣像画廊，和画廊的工作人员见面，并与乔纳森和我共进了工作午餐。乔纳森建议，她的这一最终定名为"致赖床的男人"的作品，应在 2016 年秋季展出，以便与伯明翰文学节在时间上保持一致，这样双方机构都能从关联的宣传中获益。尽管这意味着要往后推迟很久，但也给了费利宾足够的时间，再做一张更结实的安乐椅书桌。这同时也给了我时间去考虑，为这项混搭媒介的大事贡献我自己的力量。

从一开始，遗憾就冲淡了这一项目给予我的快乐：触发了费利宾创作灵感的这个故事没有英文版。它最初是1966 年发表在《周末电讯》杂志上的故事，只有在布里奇沃特出版社那个限量版六个故事集里重印过。因此，如果引起了在圣像画廊参观安乐椅书桌的人对相关故事的兴趣，他们只有到不列颠图书馆或另一个版权图书馆，才能满足自己的好奇心。大家认为费利宾可以写个说明书，描写一下安乐椅书桌的源起，简短地引用故事中的内容，提供给

圣像画廊的参观者。但我热切地希望能使感兴趣的参观者
对故事有更多的了解，因此我建议制作由我本人朗读此文
的录音版本，参观者可以通过耳机来听。但很少有人能有
耐心听完长达二十分钟的录音，而且还会有其他一些具体
的困难。乔纳森提议把故事复印后钉在一起，在画廊免费
分发；但我不愿意把自己的作品像教师的讲义那样发掉。
我在想，也许可以印一些像样的印刷和装订成册的、包括
这个故事在内的小册子，在圣像画廊的书店里出售。当我
把这个想法向乔尼·盖勒提出来时，他说："两年前维多利
亚与阿尔伯特博物馆办了个展览，内容是各式各样的艺术
家对哈里·昆兹鲁①的故事《记忆宫殿》的反应，他们出了
一本有关的书，在自己的书店和网站上卖了不少册。咱们
干吗不试试，看看佳酿出版社会不会重新出版你那个布里
奇沃特的故事集，并与圣像画廊的展览挂钩。"我兴奋地接
受了这个建议，并且马上看到了机会：如果成功，还可以
把我最近写的两个故事包括进去。

　　事情就这样进行了。佳酿出版社的编辑团队很喜欢那

---

①哈里·昆兹鲁（1969— ），英国作家、记者。

些旧的和新添的故事，他们以前没有读过其中的任何一篇，同时也被在艺术品展览会上首发此书的想法所吸引。此刻，你手中掌握着的，正是这一连串未必能够实现的事件的产物。加上两篇新故事，这八个故事几乎包含了我作为小说作家生活的全部。第一篇是 1966 年写的，第二篇写于 70 年代，随后三篇是 80 年代的作品，《田园交响曲》写于 90 年代初期，最后两篇是近期的作品。有些故事采用回顾的叙述视角，反映了社会道德习俗的变化，并随着岁月的流逝被置于另一个时间框架之内。汤姆·罗森塔尔要我为布里奇沃特出版社的这个版本写一篇简短的介绍，说明我如何写下并为什么会写这些故事。我把这些笔记修订和扩充为这一版本的后记。费利宾·海曼加了一篇不长的叙述，说明了产生她这独一无二制品的创造性的设计过程。

戴维·洛奇

2016 年

的木制报纸框架，倾斜的柜面上了书架里，摆放着供展示的报纸杂志。小格拉

"雷！米奇！他是新来的，给他说说我们这儿是怎么干活的。"福斯金斯先生说完后，又转身回到他的小窝里。

雷与我身材差不多，尽管（我猜测）他可能比我小一

赖床的男人

岁，他的眉毛，眼睛随意地缀在了额上了，无须动手，舌头就不时地从一边嘴角转到另一方，仿佛

在这一万词拉里奇金斯先生有优势，他把手插在军用冲锋衣的口袋里，运筹就从磨破的孔子里露了出来。米奇（我从来发现这究竟是昵称还是名或姓的缩写）非常瘦小，我看不出他的年纪。他干瘦，小脸蛋紧分的，就像只猴子。他不停地咬着指甲，他穿着无领衬衫，裤子和外套分别属于两套不同的条纹西装，是工人阶层的手里通常在周日穿的最好的衣服，这是对他们个里着装风格的一种廉价的模仿。褪色的外套和蓝色的裤子都已破洞不堪。他们看看我灰色的法兰绒裤子，文法学校[1]的轻便短上衣——这身装束是按照我母亲的建议穿的，我决定把这身衣服当作工作服，

_____

[1] 英国文法学校教学的是语言、算术起发现的中学多课程。学生一般到十八岁离开学校。

他的妻子总是第一个起床。闹钟一响，她便掀开被子，两腿一甩踩在地板上，再穿上睡袍。她的自律，使他心怀愧疚又钦佩有加。

"别在床上躺着了，"她说，"我真是烦透你又要把早餐白白糟蹋了。"他不吱声，假装又睡了。她刚走出卧室，他就把身体挪到床垫上她的余温尚存之处，恣意伸展着。这是他一天中肉体上感到最满足的时刻，可以伸展到一个新且暖和的空间。然而，这种满足感旋即被打破，他意识到很快便不得不起床，面对一天中余下的部分。

他睁开一只眼睛。四围漆黑，街灯投下的昏淡蓝光照在房间里。为了试看天气到底有多冷，他哈出一口气，瞬间成了白雾。在拉开窗帘的地方，他能看见窗户内侧早已结冰。整个早晨，冰开始慢慢融化，水珠顺着窗玻璃滚落下来，侵蚀了窗框上的油漆。一些水珠从窗框下部滴下，在那里再次凝成冰凌。窗户被塞住，木头也翘曲变形。

他闭上眼，不去看那些令他感到痛苦的景象：他的房子被风雨侵蚀，墙体也裂开了缝隙。当然，他无法对房子的情况视而不见，比如就拿他现在躺着的这间卧室来说：吊灯底座与房门之间已经裂开了大大的缝隙，龇牙咧嘴的，仿佛在对他发出冷笑；靠近五斗柜的油毡布已经磨损；衣柜门大敞着，因为扣件早已不在；那一片片因湿气而脱离墙面微微凸起的墙纸，开门关门的时候仿若在轻轻呼吸。他无法对这一切视而不见，然而当他裹在毛毯里感到温暖舒适的时候，他紧闭双目，似乎一切都不那么令人压抑，也都与他个人无关了。

只要离开这张温暖的床的保护，他就会在对现状的不满和永远无法改进的绝望的双重压力下，跌跌撞撞。当然，这房屋的损毁不仅仅局限于卧室。在房间里穿行时，风雨侵蚀、年久失修的迹印在屋子的每个转角处如影随形，向他致意。卫生间里滴滴答答的水龙头，楼梯上残破的扶手，厅堂里有罅隙的窗户，饭厅地毯上磨损的那些地方——和昨天相比起来，又变大一点儿了。屋子里寒气逼人，冷若

冰窖。寒流从锁眼穿堂而入，信箱被吹得格格作响，窗帘
瑟瑟舞动着。

然而，在床上躺着是如此温暖舒适。就算是那些有豪
华家具、燃烧煤气的中央供暖系统和完全隔音的双层玻璃
的理想居室，也不能让他在此刻感到比这张床来得更温暖
舒适。

他的妻子拨了拨饭厅壁炉里的火，发出了格格声。这
枯燥乏味的金属碰撞声，经由水管传到屋子里的每个角落。

这意味着早餐已经备好。正对着他的房间，他的两个
孩子保罗与玛格丽特正在寒冷阴郁的屋子里快活地玩耍着，
全然不顾周遭环境的窘迫不适。他们吵吵嚷嚷，嬉闹着来
到楼梯口，又重重地从楼梯上蹦跳着下了楼。残破的楼梯
扶手吓人地吱嘎作响。

饭厅的门开了，接着又狠狠地被关上。厨房里传来炊
具和餐具发出的模糊的碰撞声。他用被褥把头包裹得更紧
实了，遮捂着耳朵，只留出鼻子和嘴呼吸。他不想听到这
些声响，这是来自严酷世界的严厉提醒。

他想着马上就要起床，还要去应付洗漱、刮胡子、穿
衣吃饭这一堆恼人的琐事，然而摆在他面前的又没有什么

能让他提起兴趣：从他家穿过街道走到公交车站，长长的街道两侧的房屋与他家别无二致；排着长队等候公交车，慢摇慢晃的公交车穿行在烟雾弥漫的城市街道上；还要枯坐在狭小逼仄的办公室熬上八小时，而这个办公室就像他自己的家一样，到处是残破不堪的东西，大多年久失修，办公用品出现缺口，还带着划痕，积满灰尘，早已不能正常使用了。这些日常的细小琐事就如他的房子内部一样，再清楚不过地表明：这就是你的处境，你可以非常努力，但要想明显改变它，那是不可能的；如果你能避免它恶化得过快，就已经算走运了。

为了准备起床，他试着打起精神提醒自己，与其他许多人相比，他已足够幸运。他逼迫自己的思绪沉溺于那些身体抱恙的人，那些油尽灯枯的人，那些处于穷困之中的人，那些精神痛苦的人。然而，想象人类悲苦的景象只能证实他无力改变这种了无生趣的生活。即便别人能够忍辱负重、乐知天命，但也无法给予他鼓励。如果当下的不满怨愤已让他失去生活的乐趣，傚效他们又能给他带来何种希望呢？如果眼前这沉闷的生活只是一层脆弱的表壳，覆在他随时可能堕入的更加不堪的深渊上，这又算是什么慰藉呢？事实上，他不再对生活充满爱意。这种想法带来的震颤穿透了他全身。我不再热爱生活。生活不再能给予我快乐。除了这个：躺在床上。而这种快乐转眼就会消逝不见，因为我明白我得起床。然而我为什么不可以就这样赖在床上不起来呢？因为你得起床。你有工作。你需要养家糊口。你的妻子已经起床了。你的孩子们也已经起床了。他们已完成了分内之事。现在需要你去完成你的职责。是的，对他们而言这很容易办到。他们仍然热爱生活。我不再热爱生活了。我唯一热爱的就是：躺在床上。

在厚厚的被子里，他听到妻子在叫他。"乔治。"她语气干脆、面无表情、例行公事般地叫喊着，并不指望他会回应。他没回应，只是翻了个身，把腿摊开。他的脚指头碰着床脚边冰冷的热水瓶，又立即缩了回来。他像婴儿一般蜷缩着，把整个脑袋都埋进被子里。被窝里黑漆漆的，暖和如春，犹如一个温暖黑暗的洞穴。他愉快地呼吸着温暖而带有霉味的空气，当他感到严重缺氧时，就在被褥里巧妙地弄出一个通风管，可以让新鲜空气进入而又不会透光。

他隐约听见妻子在叫他。这次声音更尖，更迫切。这表明他的家人已经吃完了玉米片，培根也已经煎好。在渴望继续躺在床上和立马翻身起床之间，他的斗争更加激烈了。在他等待第三次召唤的时候，他把四肢缩成一团儿，身体更深地扭到床里。

"乔治！"这意味着他要错过早餐了，也许在冲出房门搭公交车前还有幸可以喝一杯茶。

似乎过去了很长一段时间。他屏住呼吸，而后他突然感到一阵放松，便伸开四肢。他决定了。他要赖床不起。能这么做的秘诀就是置后果于不顾。只要将心力集中于躺在床上这一事实上，体会这带来的愉悦感，还有被窝的温暖舒适。他有自由意志。他将行使他的自由意志。他将待在床上。他一定是打了个盹儿。他突然意识到妻子出现在房间里。"八点一刻了。你的早餐又糟蹋了……乔治，你打算起床了吗？"他觉察到她言语里的忧虑。突然间，被褥从他脸上被掀开。他又忙不迭拉扯回来，很恼火他精心设计的通风管被弄坏了。

"乔治，你是病了吗？"

他很想说，是的，我病了。然后他的妻子会踮起脚尖走出去，告诉孩子们保持安静，他们的父亲病了。随后，她会在卧室里生上火,端来一盘可口的食物。但那不过是懦夫的行径。这种欺骗只会让他从他最厌烦的生活中获得顶多一天的喘息而已。他正在酝酿一个更为宏大、更具英雄气概的计划。

"不,我没有生病。"他隔着被子说道。"好吧,那就起床,不然上班要迟到了。"他不作答,妻子走了出去。他听见她在洗手间里不耐烦地敲打着,叫孩子们来洗漱,还有马桶水箱的冲水声和哗啦哗啦的蓄水声,水管发出的呜呜声,孩子们的笑声和哭声。行人在人行道上匆匆来往,在早晨寒冷的空气中难以发动的汽车呼哧呼哧地喘着气,随后被启动,驶离了家门。他在被窝里静静躺着,全神贯注,若有所思。渐渐地,他开始能够从意识中消除这些杂音。他选择的是一种奇幻的方式。

第一天是最为艰难的。他的妻子认为他仅仅是偷懒,认为那是他的倦怠情绪。她试着不给他端任何食物,这样可以让他起床。然而饿肚子并没有让他感到太多不适,除了几次蹑手蹑脚、悄没声地溜去洗手间,他整天都赖在床上。那天夜里,他的妻子回到卧室时感到气愤不已。她埋怨他害她早上没能把床铺好,于是整晚又冷又僵地睡在离他最远的床边缘。然而由于他滴水未进，她也感到大惑不解，问心有愧。当她表示希望他第二天早晨不再有这些愚蠢的行为时，言语中流露出一丝恳求的语气。

第二天早晨就容易多了。闹铃一停，他很快又无忧无虑地睡着了。太幸福了！既然不打算起床，只要翻个身接着睡就是了。随后，妻子端来早餐，一声不吭地搁在他床边的地板上。他吃着早餐，孩子们来到卧室门口，在一边默默地看着他。他露出了要他们放心的微笑。

下午，妻子请的医生赶来了。他轻快地走进屋子问道："贝克先生，什么地方不舒服了？""没什么不舒服，医生。"他温和地答道。医生对他做了简单的检查，并作出诊断："贝克先生，没有理由不起床啊。"

"我知道没有理由不起床，"他答道，"但我就是不想起床。"

翌日，牧师到访。牧师恳求他想想作为丈夫及父亲，他身上所肩负的责任。很多时候人们很清楚地认识到，我们几乎无法忍受继续挣扎前行的痛苦，也几乎无法抗拒放弃的诱惑。但那不是真正的基督教精神。"不要说努力总是徒劳无益……"

"那些冥想的僧侣呢？"他问道，"那些隐士、修士、蹲柱禅修者呢？"

啊，但是那些宗教修行者，尽管或许在他们所处的时代是具有精神感召力的，却与现代宗教格格不入。此外，他不能自诩这种特殊形式的遁世具有某种禁欲、苦行忏悔的性质。

"你知道，生活不尽如人意。"他告诉牧师。生活的确有诸多不尽如人意之处。一周后，他身上开始长褥疮。两周后，他已孱弱到需要人扶着上洗手间。一个月后，他已瘫痪在床，需要护工来照料他的身体需求。他不清楚用于支付护工或是维持日常开销、修缮房屋的开支是从哪儿来的。但他发现，只要不为这些问题发愁，这些问题便会迎刃而解。

此时，妻子的不满愤恨已消了大半。实际上，他认为她比以前更敬重他了。他猜想他已成为当地乃至全国的明星。有一天，他的卧室里推进来一台摄像机，他靠坐在枕头上，牵着妻子的手，对着电视机前数百万观众讲述自己的故事：他是如何在一个寒冷的早晨突然意识到他已不再热爱生活，唯一的乐趣就是赖在床上，以及他如何做出这合乎情理的决定——在床上度过余生。尽管他并没有指望余生会有多长时间，但是生命里的每分每秒他都要尽情享受。

节目播出后，信箱中的邮件由涓涓细流变成了滔滔洪水。他已经变得眼力不济，只能依靠教区的志愿者施以援手，处理信函。

大多数来信都请求他再给生活一次机会，并随函附上现金或是提供待遇颇丰的工作机会。他对这些工作机会都一一婉拒，并以妻子的名义把钱存进银行。（她用了一部分钱装修房子。看到油漆工在卧室里吃力地攀爬，他感到有趣。当他们粉刷天花板的时候，他用报纸遮住头。）还有一小部分来信对他来说更为重要，信中纷纷表示鼓励和祝贺。"朋友，祝你好运。"其中一封信写道，"如果我有勇气，我也会这样做。"另一封信写在一所著名大学的信笺纸上："你目睹了现代生活中无法忍受的生活质量，行使了个人享有不可剥夺的逃避生活的权利，对此我深为敬佩。你是存在主义的圣徒。"尽管他并不清楚这些言语的确切含义，但它们取悦了他。的确，他从来没有像现在这样感到如此幸福，如此有成就感。

　　如今，他比以往任何时候都感到死亡是一件甜美的事情。尽管有人给他洗澡、喂食，对他呵护备至，但他仍感到生命力正在缓慢消逝。他渴望不朽。他似乎不仅解决了生活的难题，连死亡的问题也一并解决了。有时候，他头顶上的天花板变成了某些幻象的画布，就好像某些古代的画家在小礼拜堂的屋顶上作画：他恍若看见天使与圣徒从朦胧的天堂凝视着他，邀他加入他们的行列。他感到他的身体奇怪地失重，好似只有被褥碍着他升入天空，扶摇直上。飞升上天！羽化登仙！他乱摸着毛毯和床单，但是四肢乏力。就在那时，他使出全身力气，掀开被褥扔到地板上。

　　他默默地等待着，但是一切如常。他浑身发冷。他试着把毛毯拽回床上，可扔出毛毯已使他筋疲力尽。他打着冷战。屋外天色渐晚。"护士。"他虚弱地叫着，但无人应答。他又呼唤他的妻子"玛格丽特"，然而整间屋子悄无声息。呼出的气在寒冷的空气里瞬间变成了白雾。他抬头望着天花板，但并没有天使和圣徒朝下面看着——

　　只有石膏天花板上的吊灯底座与房门之间的裂缝，仿佛在对他发出冷笑。他突然间意识到他的永恒意味着什么。"玛格丽特！护士！"他嘶哑地喊叫着，"我想起床！快扶我起来！"但是没有一个人来。

小气鬼 ————

战后，烟花爆竹极度短缺。战争时期根本没有烟花爆竹；但那是因为灯火管制的缘故，也因为造烟花爆竹的人改行去制造炸弹了。战争结束后大家都说，战前的一切东西——烟花爆竹什么的——都重新会有的，但事实并非如此。

蒂莫西的母亲说，配给制太丢人了；他父亲说，谁也别想看到他再投工党的票了，但是烟花爆竹根本连配给都没有。不管怎么说，配给还是公平的，哪怕每份只有六个，或者是十二个。十二个不同的烟花爆竹。但除非你撞了大运，否则一个都搞不到。有时候有些男生带几个到学校里来，就为了闹着玩，在茅房里放一个单个儿的响鞭。他们含含糊糊地说是在"码头那边"搞到的，或者是老爸的朋友给的，又或者是从一个发现了战前存货并且当天就卖光了的商店里买的。

蒂莫西和德雷吉还有吴匹搜遍了附近地区，想找这么一家商店。有一次他们还真找到了一家打着出售烟花爆竹广告的地方，可是当那人拿出货来的时候，却只有一种，都是响鞭。光有响鞭是没法搞一个像样的篝火节①的。再说了，这些还不是威尔斯、标准或者佩恩等厂家生产的正牌货。大家管它们叫"飕飕"，一副可疑的土制相，每个卖十便士。响鞭卖这个价简直贵得离谱。最后他们各买了两个。离 11 月 5 日只有三个星期了，这仍是他们所有的存货。

有一天，蒂莫西的母亲买完东西回家，宣布说给他买了点烟花爆竹，他的心狂跳起来。可她拿出来的只不过是些拿在手里放的烟花 ——小孩子的玩意儿。他一副闷闷不乐的样子，惹得妈妈最后没有给他，事后他挺后悔的。

他们仨对战前的篝火节都没有清晰的记忆，连年纪最大的德雷吉也一样。但是，他们全都记得对日作战胜利日之夜。那时，街道中心飞弹落下留下的弹坑旧址上燃起了盛大的篝火，焰火把天空映照得绚丽多彩。住在街尽头房子里的一个男人拿出了两整箱顶呱呱的烟花，说他攒了

---

①亦称盖伊·福克斯之夜。盖伊·福克斯是英国 1605 年火药阴谋事件主谋之一，他的被捕之日即盖伊·福克斯日。

六年为的就是这个夜晚。第二天早上，蒂莫西在弹坑旧址上转悠来转悠去，像过去几年他收集弹片那样，把所有烧焦了的烟花壳都收集起来。正是在那时，他第一次得知了那些令他魂牵梦绕的名字——"菊之火""罗马烛""火山""银雨""鱼雷""走私贩子"—— 在这些名字面前，"飕飕响鞭"听着假兮兮的，令人生疑。

一个星期六的下午，蒂莫西、德雷吉和吴匹四处溜达着搜寻烟花爆竹，远离了他们平时熟悉的活动范围。最有希望的是那种卖报纸、糖果、烟草和一些玩具的店家。他们找到了几家新开的这样的商店，可是并不走运。有几家甚至在橱窗里贴出了告示："无烟花爆竹"。

"即便他们有，"德雷吉恼怒地说，"我打赌他们也不会卖的。他们会留给自己的孩子。"

"咱们回家吧，"吴匹说，"我累了。"

回家的路上，他们玩了一个叫"失踪的排"的游戏，是他们根据德雷吉的连环漫画周刊上的一个连载故事编的。德雷吉是排长麦凯博中士，蒂莫西是那个沉默又聪明的凯普下士，吴匹是身强体壮却相当愚蠢的二等兵"粗坯"贝克，他们的排被切断了后路，困在敌后。游戏玩的就是避免被德国兵发现，而恰巧走过他们身旁的路人就是个德国兵。

"装甲车正在逼近。"蒂莫西说。

德雷吉带着大家进入了一个私家高尔夫球场的车道上。两个推婴儿车的妇女从人行道上经过时，他们躲在深草丛里。蒂莫西不经意地四下张望着，突然猛地坐了起来。

"看！"他低声说道，简直无法相信自己有这么好的运气。大约三十码以外，在一片杂草丛生的地方有一个东倒西歪的木棚子，被高尔夫俱乐部的栅栏遮住了，从路上看不见。一块木板告示牌靠在一面墙上，上面光秃秃地写着"出售烟花爆竹"。

他们慢慢站起身来，默默地、惊讶地互相看了看，向棚屋走去。屋门开着，里面有一个老人坐在桌旁看报纸，一面还在吸着烟斗。他头顶上方贴着"禁止吸烟"的告示，已经褪了色。他抬起头看了看，从嘴里拿开了烟斗。

"有事吗？"他问道。

蒂莫西看着德雷吉和吴匹，寻求帮助，但他俩只顾目瞪口呆地望着那人，以及堆放在地上的落满尘土的大盒子。

"呃——你这里没有烟花爆竹吧？"蒂莫西终于鼓起勇

气问道。

"我有，还有点剩下的，孩子。想买点吗？"

这里的烟花爆竹是零卖的，不是装好箱整箱卖的，这对于他们来说最合适不过了。他们挑了很久，等到把钱花光的时候，天已经黑了。回家的路上，他们在每一根路灯杆下都停住脚步，打开纸包，确认他们的宝贝是真实存在的，好让自己放心。这整个事件就像是一场梦，或者是个童话故事，蒂莫西生怕他的烟花爆竹随时会消失得无影无踪。

当他们到达拐进自己那条街的街角处时，蒂莫西说："不管怎么着，都不要告诉别人我们在哪儿弄到的。"

"为什么？"吴匹问道。

"这样我们就可以在他把货卖完之前再去买点啊。"

"我反正已经把买烟花爆竹的钱花光了。"德雷吉说。

"没错，但还有好久才到篝火节呢，咱们还会得到零花钱的。"蒂莫西争辩道。

可当他们在下周六再去小店的时候，发现棚子上了锁，告示也没了。他们从窗户往里张望，能够看到的只有落满灰尘的家具。

"想必是卖光了。"德雷吉说。不过卖烟花爆竹的人的突然消失使他们心里发毛，于是他们匆匆离开了小木棚，再也没有谈起过那个地方。

每天傍晚，蒂莫西放学后一到家就拿出放烟花爆竹的盒子，数他的烟花爆竹。他把烟花爆竹全都拿出来摆弄一番，先按大小，然后按种类，再按价格摆放。他仔细阅读色彩鲜艳的商标，专心地琢磨已经模糊不清的说明：手持烟花爆竹时要戴手套，放在土里，退到远处，钉在木头柱子上。他鼓捣烟花爆竹时非常小心，漏出来的每一小点火药都会减弱其未来的辉煌，都使他心痛。

"我很奇怪你会把这些东西放在你的床底下，"他母亲说，"记得你那些糖果的下场吗？"

大约一年前，一位美国亲戚寄给蒂莫西一大盒东西，叫作"糖果"①。鲜艳的包糖纸和古怪的糖名——"哦，亨利！""救生员""露丝娃娃"——和烟花爆竹一样使他着迷；在食糖普遍配给的情况下，意识到自己如此富有使他不知所措。他把糖果珍藏在自己的床下，很舍不得地一点

---

① 此处原文糖果用的是美式英语的说法 candies，而不是英国的说法 sweets，故作者用了引号。

一点吃。可是糖果开始发霉了，招来了老鼠，被母亲扔掉了。

"老鼠是不吃爆竹的。"他对母亲说，一面把玩着他最大的冲天炮的长柄。不过他转念一想，还是请母亲替他把烟花爆竹存放在一个暖和干燥的柜子里。

"说来说去，你怎么知道这些烟花爆竹还能放得响啊？"父亲问，"战前的东西，不是吗？说不定现在已经是哑炮了。"

蒂莫西知道父亲是在逗他，但还是很认真地对待了父亲的警告。"咱们得试放一个，"他严肃地对德雷吉和吴匹说，"看看是不是好的。咱们抓阄吧。"

"我不介意放一个我的。"德雷吉说。

"不，我想放一个我的。"吴匹说。

最后他俩一人放了一个。吴匹选的是"红色火焰"，德雷吉选的是"罗马烛"。蒂莫西不明白他们为什么不放个最便宜的。他们是在炸弹坑里放的。在令人眼花缭乱的短短几秒钟里，破砖碎瓦堆、扭曲的废铁、木板、锈蚀的水槽都被鲜艳夺目的色彩照得通亮。光焰散去后，他们在昏暗的路灯下眨巴着眼睛，大家都咧着嘴笑。

"没问题，能放。"德雷吉说。

两人试图说服蒂莫西也放一个。他很想放上一个，但知道自己以后会后悔的，便拒绝了。他们吵了起来，德雷吉嘲笑蒂莫西，说他像盖伊·福克斯一样，是个天主教徒。蒂莫西说他才不在乎呢，你不需要反对盖伊·福克斯才能拥有烟花爆竹，而且反正他对有关盖伊的那些事也不感兴趣。他独自回到家中，拿出他的烟花爆竹，整晚坐在卧室里，数着它们，整理摆弄它们。

德雷吉和吴匹一旦开始动用了他们的存货，就无法约束自己憋到 11 月 5 日再放。开始的时候是每晚放一个，后来增加到两个，再后来是三个。德雷吉具有一种才能，他能发现更为壮观的新方法去燃放烟花爆竹。他会把一枚点燃了的响鞭扔进旧水箱里，响鞭发出的爆炸声使四邻都跑到门口来，要不就把掼炮"鱼雷"放进一截排水管里往外射。蒂莫西也有自己的想法，但由于他固执地拒绝燃放自己的烟花爆竹，最多也就只能做一个被动的看客了。11 月 5 日就该看他的了，那时，两手空空的德雷吉和吴匹就会高兴地看他来展示了。

11 月 4 日晚上，蒂莫西最后一次清点了他收藏的烟花爆竹。

"过了明天，这些东西没了，你会感到失落的。"母亲说。

"我不相信他真的想把它们燃放掉。"父亲说。

"我当然想放。"蒂莫西说。不过，他盖上爆竹盒子的时候叹了一口气。

"反正，再也看不见这些东西我会高兴的。"母亲说，"哎，会是谁在敲门啊？"

父亲去开门，是个大块头的警察。他的块头之大，仿佛占满了整间屋子。他向蒂莫西微笑着以示鼓励，但蒂莫西把盒子紧搂在胸口，两眼盯着自己的脚。

"我说，警官，"蒂莫西的父亲说，"我明白，如果这些烟花爆竹确实是偷来的——"

"确切地说不是偷来的，先生，"警察说，"不过也和偷来的差不多。那个老家伙直接破门进入储货棚，开起了店。"

"呃，我的意思是，你有权拿走这些东西，但这是特殊情况，你是知道的，小孩子对烟花爆竹有多着迷。他盼篝火节盼了多少个星期了。"

"我知道，先生，我自己也有孩子。可是很抱歉，这是我们能够追寻到的唯一一批，我们需要用来作为证物。"他转向蒂莫西，"孩子，你是不是恰好知道，你的朋友里有没有人也从那家伙手上买了烟花爆竹？"

蒂莫西无言地点了点头，努力忍住不要哭出来。"不过只有我一个人留着没放。"说着，眼泪控制不住地流下了他的面颊。

我的第一份工作 ————

　　当我们在社会学大理论的概论课程上讲到韦伯的时候，我告诉学生们，要想具备新教伦理，你无须是一名新教教徒。"看我，"我说，"我父亲是犹太教徒，母亲是天主教徒——"只要一提到"节假日"这个暗含了毫无顾忌地挥霍金钱和时间的词语，我就会产生过敏反应而出疹子。积攒，积攒！那可是我的人生信条，无论是出版物、索引卡，还是承诺持有人出具英格兰银行即可兑换多少多少英镑的那些薄纸片儿，我都攒着。努力工作，不懈奋斗，不断超越！为了工作本身！我的学生们胡子拉碴，懒洋洋地靠在座椅上，一门心思想着如何领取救济金同时暑假搭便车去希腊旅行，宽容却并不信服地对我笑着。有时，为了让他们明白工作的真正价值，我会给他们讲述关于我第一份工作的故事。

曾经，在那些过往的岁月里，更确切地说，在 1952 年的夏天（我这样开始讲道），还有三个月满十八岁的我得到了第一份工作，在滑铁卢火车站推着小推车贩卖报纸杂志。为了填补等待大学入学考试成绩（无须多言，我成绩优秀）与正式去大学念书之间的数周空闲时间，我得到了这份临时工作。干这份工作并非出于经济考虑，我每周只能挣三镑十先令（即使考虑到随后的通货膨胀），还要每天从格林威治的家奔波到这里来，这就显得不那么值当了。干这份工作是出于我的个人原则。我父亲经营着一家裁缝店，雇了三十个工人（他曾打算让我继承家业，毕竟我是家里唯一的孩子）。他对大学教育有什么意义或者会得到什么收益表示怀疑，认为我至少不该在等着去大学念书的这段日子里游手好闲，待在家中。我父亲看见《旗帜晚报》登出的招工广告，甚至不与我商量就给经理打了电话，说服他给了我这份临时工作。我母亲看着广告，注意到上面写着"适合离校生"。

"他已经离开学校了，不是吗？"我父亲问道。

　　"离校生是暗指现代中学①里某些升学无望的十五岁学生。"母亲说，"这是一种委婉的说辞。"我的母亲是一名受过良好教育的女性。"所以这份工作的报酬也是个委婉的说辞。"她继续说道。与我父亲结婚多年，她身上爱尔兰人的幽默感也有了犹太教徒的趣味。"没关系，这会让他见识一下真正的社会。"我父亲说，"在他再埋头苦读三年之前。"

　　"的确如此，他应该让眼睛歇歇。"我母亲附和道。他们的谈话在厨房里进行着。我坐在饭厅里，翻着我的集邮册（当时，我正按照《斯坦利·吉本斯②邮票目录》中所列出的邮票价值，把我所有的邮票加在一起，似乎值数千英镑，但我无意出售），偷听到谈话。后来我发现他们是故意讲给我听的。这样一来，当他们正式和我提起谈话的主要内容时，我就可以有所准备地给出自己的想法。这种看似无心实则有意的透信儿，极好地润滑了我们的家庭生活。我父亲走到饭厅，"噢，你在这儿呢。"他说，并假装感到

---

①现代中学的学生成绩一般，到十六岁时义务教育阶段即告结束，进入社会就业。

②斯坦利·吉本斯（1840—1913），英国邮商，吉本斯邮票公司和《斯坦利·吉本斯邮票目录》的创始者。1856年起在朴次茅斯其父亲开设的药店里，以"吉本斯邮票商店"的名义买卖邮票，后发展成为吉本斯邮票公司。

意外，"我给你找到了一份工作。"

"什么样的工作？"我小心翼翼地问。我已经决定接受这份工作了。紧接着的周一早晨八点半，我准时到达书摊。书摊是滑铁卢火车站中间一大片绿色的小岛。潮水般涌来的办公室职员搭乘城郊火车到达后，行色匆匆地穿过火车站，赶着换乘下一班地铁或公交，就像身后有恶魔追赶似的，只有在店铺柜台上抓一份报纸或杂志时才稍作停留。在一间狭小逼仄、闷热难耐的办公室里，在堆着发票和留下无数茶杯的圆形印迹的桌旁，坐着经理霍斯金斯先生。他面色憔悴，脾气暴躁，个子矮小。很明显他曾经中过风或是患过某种麻痹症，因为他右脸麻痹，一边嘴角靠一个细小的带链的金钩吊起，链子挂在眼镜上。霍斯金斯先生从另一边嘴角挤出话来，说一名顾客买了三件东西，价格分别是九便士、两先令六便士、一个半便士。他拿出一张十先令的钞票，问我需要找他多少钱。我按捺着，本想提醒他我以优异的成绩通过了英国大学入学考试，但还是耐心地回答了他的问题，回答之快似乎给他留下了深刻的印象。随后，霍斯金斯先生领我走到三个移动报摊前，只见两个小年轻在那里无所事事地晃荡。这是些刷了绿色油漆的木制报摊推车，倾斜的侧面安上了书架栏，摆放着供展示的报纸杂志。

"雷！米奇！他是新来的。给他说说我们这儿是怎么干活的。"霍斯金斯先生说完后，又转身回到他的小窝里。

雷与我身材差不多，尽管（我猜测）他可能比我小一岁。他抽着烟，烟卷随意地垂在下嘴唇上，无须动手，香烟就不时地从一边嘴角转到另一边，仿佛在显摆自己至少在某一方面比霍斯金斯先生有优势。他把手插在军用冲锋衣的口袋里，长筒靴从磨破的裤子里露了出来。米奇（我从未发现这究竟是昵称还是名或姓的缩写）非常瘦小，我看不出他的年纪。他干瘦，小脸脏兮兮的，就像只猴子，还不停地咬着指甲。他穿着无领衬衫，裤子和外套分别属于两套不同的条纹西装，是工人阶层的子弟通常在周日穿的最好的衣服，这是对他们父辈着装风格的一种廉价的模仿。棕色的外套和蓝色的裤子都已破烂不堪。他们看着我灰色的法兰绒裤子，文法学校①的轻便短上衣——这身装束是按照我母亲的建议穿的。我决定把这身衣服当作工作服，

---

①英国文法学校教学质量优良，学制也较现代中学多两年，学生一般到十八岁离开学校。

因为我以后再也用不着了。

"你为什么要干这种没有出路的工作？"这是雷第一次开口说话。"我只干一个月。"我说，"我等着去大学念书。"

"大学？你指的是像牛津、剑桥那样的大学吗？有划船比赛的？"（值得一提的是，1952年去大学念书不像今天这样普遍。）

"不，伦敦大学。伦敦政治经济学院。"

"图什么？"

"为了拿个学位。"

"要那个有什么用？"

我沉吟片刻，最后简短地回答了他的问题，"以后能找个好工作。"我没有费劲去解释，其实我以后不用找工作，因为家里已有一个蒸蒸日上的小买卖可以让我轻松继承了。米奇咬着手指头盯着我，就像丛林里的侏儒见到白人探险家时一样震惊。

霍斯金斯先生从门口探出头，面带愠色，"我想我已经说过了'告诉他我们这儿怎么干活'，是吧？"

怎么干活对我来说很简单。把小推车装满报纸杂志，在火车离站前上客装货时，推到月台上。那些年，滑铁卢火车站没有报刊亭，这就意味着我们可以为通过检票口后没有准备书报杂志的乘客提供服务。最好做的生意是连接南安普顿与大西洋班轮的港口联运火车（还记得不？），乘客中总有一部分急着想花光口袋里沉甸甸的英国硬币的美国乘客，为我们带来了最红火的生意。仅次于此的是驶往度假胜地与西南村镇的快铁，尤其是豪华普尔曼全卧铺列车"伯恩茅斯丽人号"，每一扇带窗帘的窗户旁都有一盏粉色灯罩的台灯。下午晚些时候和傍晚的通勤人群努力挤进早晨搭乘的那辆脏乱不堪的火车，他们除了从我们这里买报纸之外，几乎不买别的。我们的工作要求很简单，那就是推着小推车在车站里奔波，以寻求销量。当推车里的存货不足时，我们就推回店铺再充实货品。在柜台里售货的一名年轻活泼的已婚妇女名叫布伦达，头发烫得精心考究，她会拿出我们需要的东西并记录我们拿走的数量。

我并非不爱这份工作。火车站是一个具有社会学研究价值的地方。英国阶级体制的微妙层级，在火车站以无可比拟的丰富性和跨度生动地体现出来。在这里你能遇见每一种不同类型的人，你能听到他人生活中最动情的时刻：夫妻恋人间的聚散离合、士兵离别征战沙场、家人去自治领开始新的生活、新婚夫妻去度……管他什么样的蜜月。在这方面我仅有一个模糊的概念，为了参加英国大学入学考试，我忙于苦读，无法花很多时间去考虑性方面的问题，更不用说有什么性生活了，连手淫都没有。

在我开始工作后的第二天，雷告诉我应该在我的手推车上放上几张《手淫者时报》，于是我天真地径直去找布伦达要一些。这对我来说是个新鲜词。就这个词指涉的行为而言，在我十四岁的时候，父亲就已经在与我进行生活常识的对话时有力地警告过我。（当我在饭厅偷听的时候，很明显这一谈话又和我母亲进行了一次。"即使在我还是一个年轻小伙子的时候，我也从来没有浪费我的精力，你知道我的意思吧？"我父亲大声宣讲着，"我留着用在合适的时间合适的地点。""我也是这么认为的。"我母亲说道。）布伦达的脸一下子红了，她低声咕哝地走到霍斯金斯先生跟前向他抱怨。而霍斯金斯先生则冲出办公室，半边脸面无表情，半边脸怒不可遏。

"你想干吗，像那样去侮辱布伦达？你最好把嘴洗干净，要不就滚出去。"他努力保持克制，显然也是意识到我的一脸茫然是真切的。"是雷唆使你这么做的吗？"他克制地窃笑着，肩膀也随之抖动，使得那条金链子隐约作响地晃起来，"好了，我会跟他说的，但是下次别这么幼稚了。"穿过火车站的外围地带，我躲在自动语音体重器旁，看见目睹了这一幕的雷和米奇正咧嘴笑着互相推搡。"顺便提一下，"回办公室的途中，霍斯金斯先生向身后抛来一句话，"我们从来不在小推车里放《健康与效率》杂志。"（通常我需要向学生们解释的是，《健康与效率》杂志是那个年代为数不多的可以公开销售的出版物之一，读者可以看到照片中的裸体女性在沙丘间雅致地摆布，或是刻意摆好打沙滩排球时的扣杀姿势。）每天工作结束后，我们都把钱交给霍斯金斯先生清点入账。工作第一天我卖了三英镑十五先令六便士，米奇卖了五英镑七先令八便士，而雷卖了七英镑一便士。我的进账不如另外两位，我丝毫不感到惊讶，因为他们已经从经验中熟悉火车班次、生意最好的时刻和地点了。到第二周的周五，一周中最忙碌的一天，相比米奇所卖得的九英镑一先令六便士，我的进账几乎与他持平，为八英镑十九先令六便士，尽管雷卖了十英镑十五先令九便士。

"你一天最多卖出过多少钱？"离开店铺的时候我问，

然后一边把微薄的工资塞进口袋里，一边准备涌入归家的人群。这些现代中学毕业的人比我挣得多，这让我感到恼火——哪怕是考虑了他们的丰富经验。这可比《健康与效率》的恶作剧更让我不快了。

"有一个周五，雷卖了十一镑十九先令六便士。"米奇说，"那是最高纪录了。"

这句话真要人命！就如同酒的气味之于酒鬼。这份工作顿时变成了一种竞赛，就像读书考试一样，只不过一个人的业绩是由所得收入而不是考试成绩衡量的。我决意要在下周五打败雷创造的纪录。我依然记得霍斯金斯先生宣布我的总进账时，雷和米奇那副震惊、难以置信的表情。

"正正好十二镑！干得好，小伙子！我相信那是最高纪录。"

翌日，也就是周六，我注意到雷正在数列长长的队伍前奔波忙碌着，这些外出休假的人正排队等待去海滨度假胜地的特别专列，在他们到达我和米奇卖力兜售杂志的月台前，买卖就已经做成了。当霍斯金斯先生宣布当天的进账时，雷卖了十二镑七先令八便士，这是一项新的纪录，令人称奇的是这竟是在周六创造的。

很快，我们陷入了激烈的竞争中。随着我们的日进账和周进账都不断攀升，霍斯金斯先生自然表现出了可以理解的喜悦之情，但从经济方面来说，这却十分不合理，因为我们并没有提成。傍晚，只要听到小推车的声音，他就会从那方舒适的小天地走出来迎接我们，嘴角歪翘起展露笑意。微弱的阳光斜照在火车站脏污的屋顶玻璃板上，他挂在眼镜上的金链子也在阳光下闪烁着。以往的纪录十一镑十九先令六便士俨然就快成为一个可以被忽略的数字了——我们中的任何一个人都能在下了雨的周一或周二轻而易举地取得。我工作后的第三个周五，我们的总共进账超过五十镑。当霍斯金斯先生宣布总额时，雷一脸紧张，脸色发白，米奇咬着手指甲，好似一个饥肠辘辘的食人魔只剩下自己可以吃了。米奇卖了十四镑十先令三便士，雷卖了十八镑四先令九便士，而我卖了十九镑一先令三便士。

随后的一周是我打工的最后一段时间。意识到这一事实，雷和米奇决心要超过我，我也急切地应对他们的挑战。一列火车驶离站台，另一列火车开始载客，我们推着小推车从一个站台跑到——真的是跑——另一个站台。我们专挑那些坐在港口联运火车上看起来很富有的美国人，在他们附近溜达，把我们最贵的杂志《服饰与美容》《时尚芭莎》——每种售价整整半克朗^①——摆放在最显眼的地方。我们培养出了眼力，能看出那些坐"伯恩茅斯丽人号"的小伙子，他们会为了给女朋友留下深刻印象而出手阔绰地买杂志，其实显然谁都不会认真读这些杂志。为了迎合当时客户的品位，我们来回更换杂志的摆放位置，一天内调整数次。我们缩短了午餐时间，茶歇时也在走动。雷和我的每日进账总是不相上下：有时他比我多挣几个先令，有时我比他多挣几个先令。但事实上真正的较量是在周五，那是我工作的最后一天，因为我的工时已经超了，所以最后一个周六可以休息。雷和我都意识到，在我们这四分钟跑一英里的比赛中，周五将见证纪录再次被打破，也许我们中的任何一个都会达到一天卖二十镑这一不可思议的数字。

那天，我们推着小推车不顾一切地在火车站狂奔，在离站快车的头等车厢边占据兜售的最佳摊位。我们心怀妒意地看着彼此越来越少的存货。就像阿拉伯街头的商贩一样，我们与那些感到惊奇的乘客搭讪，我们挤破脑袋钻进

---

①旧时英国银币名。半克朗值二先令六便士。

那些里三层外三层含着泪彼此拥抱告别的亲人们当中，或者面对车厢里已经安顿好、正准备安静地打个盹儿的乘客，急促地敲打着车窗，缠着他们购买我们的杂志。有一刻，我一度看见雷为了做成一桩《美好家园》杂志的生意，跟着一列已经开动的火车跑了起来。

当天收工时，米奇进账十五镑八先令六便士，雷进账二十镑一先令九便士，我是二十一镑两先令六便士。雷转过身，脸色惨白又憔悴，他把烟扔到地上，用脚跟儿碾碎。米奇低声咒骂，把已经咬得不成样子的指尖咬出了血。突然间我为他们感到难过。对我而言，未来的前景就像"伯恩茅斯丽人号"上的台灯一样美好。我有理由期待，不用几年，将会是我坐在普尔曼豪华专列松软的褥垫上吃午餐。尽管我从来没有料到，很多年后自己会搭乘港口联运火车去伦敦大学玛丽皇后学院，拿着研究生奖学金去美国，但我有预感，我将拥有更广阔的天地。而对雷和米奇而言，未来也许只是推着小推车从一个站台走到另一个站台，也许直到他们逐步升级到在店铺里站柜台，或者更有可能的是成为搬运工或清洁工。如今我为在销售进账的比拼中拔得头筹而感到后悔，后悔没使他们体会到至少可以在这方面打败我，从而感到小小的满足。但最糟糕的事情还在后面。

霍斯金斯先生支付了我的薪酬，给了我三张一镑的钞票以及一张十先令的钞票。"你干得不错，小伙子。"他说道，"自从你来了之后，小推车的杂志销量就有了起色。你向这两个懒散的小伙子展示了什么是努力工作。记住我的话。"他转向雷和米奇继续说道："我希望他走后你们还能保持现在的好成绩。如果你们今后的每个周五卖不到这么多钱，那么我想知道其中的原因是什么，明白了吗？"

翌日，我偷听到父母在厨房闲聊。"他好像有点郁郁寡欢。"母亲说，"你认为他是谈恋爱了吗？"父亲嘲笑地哼了一声："恋爱？也许他只是便秘了。""他昨天下班之后似乎就不爱说话了。"母亲说，"你几乎会以为他是舍不得离开这份工作。""他也许在想去念大学到底值不值得。"父亲说，"如果他愿意，他现在就可以直接去接我的班了。"

我冲进厨房，大声说："我来告诉你我为什么感到郁郁寡欢。"

"你不应该偷听别人的私人谈话。"母亲说道。

"因为我亲眼见到资本主义是如何剥削工人的。它如何使一个人与另一个人势不两立，让他们相互竞争，然后榨取所有的利益。我再也不会和它产生任何关系了。"

父亲呻吟着，一屁股坐进了厨房的椅子里，双手捂着脸："我知道，我就知道迟早会有这么一天。我唯一的儿子，我这些年为他日夜操劳，如今思想突发奇变。我到底做了什么，让这些事情发生在我身上？"

以上就是我如何成为一名社会学家的始末缘由。我的第一份工作也是我的最后一份工作。（我不能把现在的工作——读读书，再和着迷的听众聊聊这些书——称之为工作。如果他们不支付我报酬，我也情愿付费去做这些事。）如你所见，我没有去做生意，而是从事了学术研究，在这个领域里，新教伦理给一个人的同类带来较小的伤害。但是雷与米奇的形象仍在我脑海里挥之不去——就是我最后一次看到他们时的样子。我逐渐明白了，他们必须致力于在工作中保持着折磨人的速度和出奇的销量，永无休止，而且个人也得不到任何好处，否则就是没完没了的抱怨和谩骂。而这一切，全都因我而起。

讲完了韦伯，我常常又会回过头来讲讲马克思与恩格斯。

在气候淫热的地方 ————

很久很久以前，在口服避孕药和性开放社会还没被创造出来的 1955 年 8 月，四位来自英格兰的年轻人在伊维萨岛上笨拙地挣扎在各自的性欲之中。那时候的伊维萨岛还没有成为英国人的热门度假胜地，仍然只是个具有异国风情的去处，一个令出发度假的人们可以提起而又不会显得掉价的地方，而且，确实带有某种历险气氛——对德斯蒙德、乔安娜、罗宾和莎莉来说，绝对是一次历险。

德斯、乔、罗布和莎尔——他们相互间的称呼，在不断使用的过程中，名字中不那么关键的音节逐渐磨损了——是在一所省里的红砖大学开学第二周的新生舞会上初次认识并结对的。在一大群绕圈转着的急切而易于激动的年轻人中，选择性亲和力将他们吸引在一起。新环境中的性竞争使他们不知所措，都在半有意识地寻找一个讨人喜欢的、体面的异性伴侣，能够一劳永逸地解决和谁"交往"的问题。他们做出了很好的选择。在以后的三年中，他们的同时代人或是频繁无常地变换伴侣，或是永远停留在舞会的边缘，饥渴无助，孤独无伴；在他们周围，被抛弃的男孩沉湎于酒精之中，被甩掉的女孩眼泪掉在导师的手绢里。当草率的婚约被痛苦地取消，精神崩溃如流感般散布之时，德斯蒙德和乔安娜，罗宾和莎莉这两对一直保持着稳和谐和的关系，是扩展裂变的宇宙中一个固定不变的四星星座。

两个女孩都在读人文学科，男孩读化学。不上课的时候，他们构成了一个不可分的四人组合。大学二年级时，学校的规章允许学生在校外租房住，两个女孩租了一个卧室兼起居室的房间，晚上四个人一起在这里吃饭，学习。十点钟的时候，煮最后一杯咖啡，调暗灯光，然后差不多有半个小时的时间——直到男孩该返回自己的住处为止，他们就斜靠在一对长沙发床上，搂搂抱抱亲热一会儿。在那种情况下，也只能是搂搂抱抱而已，但是他们很中意这样的安排。乔安娜和莎莉是正派的好姑娘，德斯蒙德和罗宾是体贴的男士。两对人都模模糊糊地意识到，他们最终都会和对方结婚。然而，他们觉得这个可能性似乎太遥远又不太真实，难以期盼。如果说在这种情况下三人成群，那么四人就是伴。确实，当他们在各自的长沙发床上相互抚爱的时候，两对情侣常常会穿越隔开他们的距离，保持活跃的四向聊天。

临近毕业考试，四个人都非常努力。他们计划——用德斯蒙德的话来说——"到一个一流的、欧洲大陆某个少有人去的地方度假"，来酬劳自己完满结束大学本科的学习。他们打算到一个冷冻食品工厂打一个月的工，用于支付这笔开销。他们的八位父母对这一计划没有提出异议，这能够说明他们是理智且负责可靠的青年。也许他们的父母没有料到地中海的氛围对平和的英国气质所具有的影响力——正如为毕业考试准备了有关拜伦的问题的乔安娜在伊维萨岛几近痴迷地引用的诗句所言：

> 人称骑士风度，诸神称作通奸，
>
> 这在气候淫热之处更为常见。

* * *

那时，伊维萨岛还没有机场。一架抖动不止的老旧达科塔飞机载着包机的学生来到了巴塞罗那，当天晚上他们上了开往巴利阿里群岛的船。德斯蒙德和罗宾整夜坐在甲板上，姑娘们凌晨时分加入，和他们一起——伴随着合乎时宜的惊叹——观看伊维萨城白色陡峭的外立面从青绿色的地中海上缓缓地浮现。他们坐在码头旁一家咖啡店的外面用早餐，喝咖啡、吃面包卷，感到肩胛骨之间已经被太阳晒得火辣辣了。然后他们坐大巴穿过小岛，住进预定好的度假区里较为隐蔽的、带海滩的私人小旅店。

一开始，他们很是满足于游泳、日光浴以及这个小度假区里其他简单的娱乐消遣：咖啡店、便宜得离奇的小酒吧、出售艳俗的编织篮和皮制品的商店，以及那些相当夸张地叫作"夜总会"的地方——在那里，花上一瓶西班牙甜香槟的价钱，你就可以在水泥地面上，伴着一支三件乐器的乐队不断抽动的节奏跳舞，偶尔还能亲眼目睹一场业余但热烈的弗拉门戈舞表演。这几个年轻人一如既往，行为举止庄重得体，亲切和蔼。初来时对他们还怀有几分不信任的小旅店女老板，此时，在他们回来享用她提供的变化不多但还算不错的伙食——汤，鱼或小牛肉，炸薯片，沙拉和西瓜——的时候，脸上堆满了笑。

也许，意识到自己增强了的肉体吸引力以后，他们开始失去彼此间的单纯无猜。短短几天的工夫，南国的骄阳就灼去了学习和工厂打工留给他们的苍白面容，他们看着彼此，就好像看着舞厅里人为着色的镜子里的人，愉悦的惊喜使他们感到小小的激动。他们是多么英俊，多么漂亮啊！在被太阳晒淡了颜色的头发的衬托之下，乔安娜晒黑的长着雀斑的脸是多么动人；穿黄色泳衣的莎莉的棕褐色四肢是多么修长灵巧；男孩们在海滩上或是晚上穿上白衬衫和漂亮的轻薄宽松长裤时，看上去是多么健康，充满了阳刚之气。

而且，西班牙一天的生活节奏本身就引诱人们沉溺于声色之乐中。他们很晚起床，吃早餐，去海滩。大约两点钟回到小旅店吃午餐，午餐时猛喝葡萄酒，然后回到房间午休。六点钟，洗完淋浴换好衣服后，他们出去散步，喝点开胃酒。八点半用晚餐，然后再出门，走进丝般柔滑的地中海之夜，去他们喜爱的小酒吧，围着一张光秃秃的木桌坐下，认认真真地品尝巴利阿里群岛所有的烈酒。午夜，他们回到小旅店，脚步略微蹒跚，上楼梯时一面咯咯傻笑，一面相互发出示意安静的嘘声。他们都进了姑娘们的房间，乔安娜用一个浸泡在水里的小电器烧水，给大家做速溶咖啡喝。然后他们在成对的两张床上搂抱片刻。但是，他们意识到性欲上最为悸动的时刻是午休的那段时间：穿着贴身内衣躺在床上，满肚子食物和酒水，困倦却很少睡得着，关闭的百叶窗外逼人的暑气使他们昏昏然，成了想入非非的念头和欲望的载体，软弱而顺从。一个下午，德斯蒙德和罗宾穿着三角裤躺在床上，罗宾无精打采地翻阅着他带来的一本过期《新政治家周刊》，德斯蒙德则着迷地凝视着关闭的百叶窗。阳光像熔化的金属从缝隙里渗进来，这时突然响起了敲门声。是莎莉。

"穿得能见人吗？"

罗宾回答："不能。"

"光着啊？"

"没有。"

"那就行了。"

莎莉走进房间。两个男生谁也没有稍微动一动来盖住身子。不知怎的，在这样的暑热中，这么做似乎太费劲了。反正莎莉自己的短衬裤在衬衫之下也是清晰可见——是罗宾的衬衫，被她借去当睡衣穿了。

"你想要什么？"罗宾问道。

"要个伴儿。乔睡着了。往上挪挪。"

莎莉在罗宾的床上坐下。

"哎呀，小心我晒伤的皮肤。"他说。

德斯蒙德闭上眼睛，听了一会儿从另一张床上传来的低语声，咯咯的笑声，沙沙声和吱嘎声。"如果你们还没注意到，"终于他说道，"我想睡个午觉。"

"那你干吗不去我床上睡？"莎莉说，"那儿很清静。"

"好主意。"德斯蒙德说着，起身穿上浴袍。

他走了以后，莎莉吃吃地笑了起来。

"怎么啦？"罗宾问。

"乔没穿衣服。"

"真的一点儿没穿？"

"一丝不挂。"

德斯蒙德敲了敲女孩们的房门。没有回应，于是他把头伸进门，看到乔安娜背对着他睡着了。在晒黑的皮肤的衬托下，她的双臀在百叶窗紧闭的房间里，像一对月亮般发出惨白的光。他急忙关上门，一动不动地站在走廊里，心怦怦地跳着。然后他又敲起了门，这次更使劲了。

"什么？谁呀？"

"是我——德斯。"

"稍等。好啦。"

他走进屋子。乔安娜用床单盖在身上。她红着脸，汗水使头发贴在前额上。"该起床了吗？"她问道。

"还没呢。罗布和莎尔在我们的房间里闹腾呢，所以我来这儿午睡。"

"哦。"

"可以吗？"

"请便。"

德斯蒙德以士兵立正的姿势在莎莉的床上躺下。

"看样子你不太放松啊。"乔安娜说。

"我能和你躺在一起吗？"

"行。"刹那间他穿过了房间，"只要你待在床单外面。"她补充道。

"为什么？"

"我没穿衣服。"

"是吗？"

"太热了。"

"确实，不是吗？"德斯蒙德脱下了浴袍。

"这样他们构成了相当古老的一群 ……"

"什么？"

"半裸，爱恋，自然，希腊风格，"乔安娜的脸上泛起红晕，"拜伦。"

"又是他！够色的，是吧？"

"是的，确实如此。"

"和我一样。"德斯蒙德沾沾自喜地说，一面透过床单抚摸着乔安娜。

第二天午餐后，分手回房午睡前，他们在楼梯平台上尴尬地踌躇了片刻。然后德斯蒙德对罗宾说："这回你干吗不去莎莉的房间呢？"不久，罗宾和乔安娜穿着浴袍在走廊里忸怩地微笑着擦身而过。第二天也是这样，第三天还是如此。午夜喝咖啡时，他们成了无语沉思的一群。这时，在一起的搂搂抱抱已成了敷衍性的例行公事——他们在下午都已经尝到令人陶醉得多的愉悦快感了。然后，他们感到这酷热黑暗的卧室令人难以入眠。

"德斯……"

"嗯？"

"你曾经，你懂的……"

"什么？"

"和女孩干过那事吗？"

一段较长的停顿后，德斯蒙德回答："我不知道。"

罗宾从床上坐了起来："要就是干过，要就是没干过！"

"我试过一次，不过我觉得没有弄对。"

"什么？你和乔吗？"

"天哪，不是的！"

"那是谁？"

"我忘了她的名字了。是好多年以前的事了，我和童子军一起在约克夏山谷地区露营。有两个当地的姑娘夜里常常到营地来厮混。一天晚上，我和另一个小伙子和她们一起散步。和我一起的这位突然说：'要是愿意，你可以和我干那事。'"

"上帝啊。"罗宾羡慕地低声说道。

"地面都湿透了，所以我们倚着一棵树站着。树根使我不断打滑，而且我根本什么也看不见。事后她说：'喂，小子，你这样，我是不会给你奖章的。'"

罗宾放声惬意地笑了。

"那你呢？"德斯蒙德问道。

罗宾又一次闷闷不乐起来："从来没有过。"

"你怎么想起来问这个？"

"和莎尔一起的这些下午，快把我逼疯了。"

"我知道。今天我们差点儿就真干了。"

"我们也是。"

"我们最好认真想一想这事。"

"我一直都在想这事。"

"我是指预防措施。"

"啊，是的。想来会有点冒险。"

"冒险！"

"我猜你没有带着吧，那叫什么的……"

"避孕套？"

"对。"

"我？"

"嗯，像你这种有经验的人……"

"什么经验？"

"童子军那次。"

"去你的。"

"那我们该怎么办呢？"

"我们可以在这里的商店找找看。"

"嗯……"罗宾觉得没戏，"天主教国家，你知道。很可能不合法。再说，这东西西班牙语叫什么？"

"咱们查查常用语手册。"

"好主意。"罗宾跳下床来，打开了灯。两个人一起埋头在《度假者西班牙语常用语手册》里查找。

"会列在哪一项下面？"

"试试'药房'，或者'理发店'①。"

"哼，"罗宾仔细查看了几分钟后抱怨道，"有地方写那些'我脚底板打泡了''请给我一瓶干性头皮用的洗发液'，但轮到你实际上很可能需要的东西，就……"

"等等，"德斯蒙德说，"我们没有查'咨询医生'。这

---

① 旧时有男子理发师兼外科医生。

里有一个适用于各种情况的短语，说'我……痛'，你不觉得我们可以套用一下吗？"

"不行。"罗宾关上灯，摸索着回到床上。过了一阵子，他发现自己正盯着灯光和德斯蒙德的眼睛，德斯蒙德急促地摇晃着他，嘴里咝咝地说出"新政治家周刊"几个字。

"嗯？"

"你那本《新政治家周刊》，后面有计划生育的广告。"

罗宾突然清醒了。"德斯，你太有才了。"他说。接着他又说："可是没时间了。"

"我算了一下，如果明天订，那么一个星期或者稍多一点应该就能收到。"

"时间够紧的。"

"是啊，你有更好的主意吗？"

罗宾没有。他们在《新政治家周刊》上找到了广告，但上面只有免费的目录。不知道价格以及他们需要的东西的规格，两人写起订单来还有点困难，不过最后还是完成了。在附上钱的时候，他们决定宁愿富余点。"咱们告诉他们不用找钱了，"罗宾说，"这样他们会办得快一点。"

* * *

不过，与此同时，在走廊另一头进行着的另一番谈话使得两个男人的努力成为徒劳。姑娘们次日早上在海滩上把谈话内容透露给了他们。

"乔和我昨晚严肃地谈了一次，"莎莉说，"我们都觉得，趁还不算太晚，咱们得打住了。"

"打住什么？"罗宾问。

"为什么？"德斯蒙德问。他觉得没有必要装听不懂。

"因为这样做不对。"乔安娜说。

"我们都知道不对。"莎莉说。

午餐时两位男士闷闷不乐，沉默寡言。饭后他们板着脸回到自己的房间午休，姑娘们也回了自己的房间。

"哎呀，"莎莉说，"我真希望这不会毁了我们的假期。"

"我们需要的，"乔安娜明智地说，"是换换环境。咱们明天进城玩吧。"

因此，第二天他们坐公共汽车进了城。码头旁聚集了一小群人，在看着一艘漆成黑色的外形灵巧的游艇。罗宾注意到了一个著名影星的名字。

"啊！"莎莉说，"咱们等等，看他会不会上岸。"

他们在附近待了一会儿，但那位影星没有出现。一位穿着两件式泳衣、身材丰满的年轻女子曾一度从舱口傲慢地盯了他们片刻，然后才缩回去。

"难怪他不愿上岸呢。"德斯蒙德说。

"走吧，怪没劲的。"乔安娜说。

他们在老城里闲逛，想方设法避开在各个街角乞讨的令人厌恶的瘸子。他们爬上一条又一条陡峭的、臭烘烘的、挂满了洗后衣物的小巷，发现自己站在俯视港口的一个堡垒模样建筑的护墙上。堡垒里面有个小小的考古博物馆，陈列着燧石、陶瓷碎片，还有一些硬币以及雕刻品。乔安娜和莎莉去了卫生间，莎莉先出来了，对卫生间仍是心有余悸。她发现男士们正全神贯注地往一个玻璃展柜里看。

"你们发现什么了？"

罗宾得意地笑着："你来看一眼。"

展柜里放着一些制作粗拙的陶土小人，有着极端夸大了的性器官：巨大的男性生殖器，突出的乳房和沟槽起伏的肿胀肚子。

"啊，"莎莉茫然地注视了片刻后说，"想不到会把这样的东西放在博物馆里。"

"什么东西？"乔安娜加入了他们。

德斯蒙德给她让了个地方。"生殖崇拜的什么玩意儿。"他说。

"我们似乎没法摆脱这个话题，是不是？"离开博物馆的时候莎莉对乔安娜说。她们挽臂向山下走去时，两位男士在她们身后窃窃笑着。

那天剩下的时间和第二天一整天，德斯蒙德和罗宾总是待在一起，让两个姑娘自己做伴，意思是如果午休时间是这样，那么最好所有时间都这样。姑娘们明白这意思，这使她们烦躁不悦。晚餐时，罗宾和德斯蒙德热烈地谈论着陶土的分子结构，以及以此确定这些生殖崇拜的玩意儿的年代的可能性。后来去小酒吧里喝荨麻酒时，他们仍然在谈论这个话题。酒吧人很多，两个穿着大格子百慕大短裤①的美国青年客气地问他们可不可以合用一张桌子，坐下

_____

① 裤管至膝盖上一二英寸处的短裤。

后也被吸引到讨论中来。罗宾和德斯蒙德生动详细地描述着伊维萨博物馆里的藏品，与此同时，那两个美国人朝着两个姑娘咧嘴笑。

"我们不能再这样下去了。"那夜莎莉说。

"可是我们不能反悔啊，"乔安娜说，"是不是？"

"我一直在想，"莎莉说，"如果我们订了婚，那就不一样了。"

"是的，"乔安娜沉思着说，"会不一样的，对吧。"

于是第二天他们就订婚了。不是正式的——他们要等到回家以后再告诉父母——但是做得中规中矩。女孩们在市场的摊子上各自挑选了一枚便宜的戒指，"先用着"。她们骄傲地把戒指戴在中指上。当晚，他们在一家饭店里举行了庆祝晚宴，在每道菜肴端上来之间动情地拉着手。那两个美国人恰巧也在这家饭店吃饭，注意到了戒指，向他们表示祝贺。

"我真高兴我们决定订婚，"次日下午乔安娜对德斯蒙德说，"你高兴吗，德斯？"

"当然高兴。"

"不仅仅是因为我们可以一起午休了吧？"

"当然不是。"

"明确地订了婚，就有点不同了。我的意思是，以前我一直搞不清我们这样做是否只是为了快活。但是现在我知道，是为了爱。"

"也为了快活。"

"啊，对，也为了快活。啊，德斯！"

"啊，乔！"

"天哪，"莎莉喃喃道，移开了自己的眼光，"你看着就像那些个生殖崇拜的玩意儿。"

"我觉得自己就是。"罗宾说。

没过多久他们就都意识到，他们并没有解决任何问题，只是提高了解决问题的代价而已。醒着的时候，一个重大的问题盘旋脑际，而醒着的时间又是很多的，因为他们直到炎热的深夜还在讨论这事。

"莎尔。"

"什么事？"

"我们今天差点就干了。"

"我们每天都差点就干了。"

"不是的，我的意思是真的这样。我对德斯说：'如果你想，我不能阻止你。'"

"天哪，后来怎样了？"

"嗯，他总是这么温柔亲切。他说：'我数十下，你再想想。'然后就去坐在另一张床上了。"

"后来呢？"

"他数完的时候，我有点改主意了。"

"你没有希望自己当时数快一点儿吗？"罗宾问。

"还真没有，"德斯蒙德说，"我自己也清醒过来了。我开始想，要是乔怀孕了怎么办？我的意思是，我们并不比上个星期离结婚更近啊。"

"那些东西快该从《新政治家周刊》那儿寄到了，"罗宾说，"剩的时间不多了。"

"反正现在也没剩下几天了，"乔安娜说，"回英国之后就好办多了。"

"没错，在国外，一切似乎都不一样了。"

"人称骑士风度，诸神称作通奸……"

"会是淫乱，不是通奸。"莎莉说。她已经开始厌烦这句引语了。

* * *

第二天，德斯蒙德在邮件中收到了一个普通的棕色信封。他拿到房间里去，罗宾热切地跟在后面。

"里面没有东西，"罗宾阴森森地说，"我能够感觉出来。"他撕开信封，拿出来一封信和他的支票。

"见鬼！"

"他们怎么说？"

"我们很遗憾，法规禁止我们将该商品运送至西班牙共和国。"

"我告诉过你，"罗宾说，"这是个天主教国家。"

"法西斯猪猡。"德斯蒙德说，"调查官。警察国家。"他越来越激动，引起了狂热的反西班牙情绪。"神父贩子！

伪君子！"他将身体探出窗外大喊，"打倒弗朗哥！拥护沃尔特·雷利爵士①！"

"我说，沉住气。"罗宾道。

那两个美国人从楼下经过，闻声惊讶地抬头向上看。德斯蒙德向他们挥挥手。

"罗布，"他回过头说，"不知道那些老美有没有。"

"他们手里有东西。"那天晚上莎莉对乔说。

"我知道。"

"咱们得团结一致，乔。"

"是的。"

"为什么不呀？"罗宾说，"绝对安全。"

"肯定是安全的，"莎莉说，"不过……"

"不过什么？"

"好吧，我觉得我们应该把这事留到结婚的时候。"

"可我们一时半会儿结不了婚。"

---

①沃尔特·雷利爵士（1552—1618），英国探险家、作家，早期美洲殖民者。

"那就更该如此了。"

"我猜你会认为，我就不会敬重你了，"德斯蒙德说，"我指这事以后。"

"啊，不是的，德斯，不是因为这个。"

"我会更加敬重你。为了你敢于按自己的信念去做。"

"但我没有什么信念。只是一种感觉，就是我们会后悔的。"

德斯蒙德叹了口气，翻身离开了她。"你真让我失望，乔。"他说道。

"你觉得我们是不是有点过分了？"晚上乔安娜问道。

"我觉得是他们过分了，"莎莉说，"毕竟我们一直在让步，让步。"

"必须有个底线。"

"就是。"

"不过，想来对男孩来说不一样。"乔安娜说。

"罗布说，"莎莉说道，"那就像用拇指去摁流着水的水龙头。"

两个女孩躺在黑暗中，默默思考着这个生动的比喻。乔安娜扇着床单想弄出点风来。"感觉比什么时候都要热。"她说。

* * *

就这样，随着假期行将结束，紧张状态加剧了，他们在放荡的言谈中寻求宽慰。他们不再在意去保持情侣们在私密状态下亲热的惯例，而是把共同的问题放到桌面上来讨论——在海滩上，用餐间，喝酒时。谈论时的那种无所顾忌和老于世故连他们自己也感到惊奇。"我想我们都同意，贞操就其本身而论并没有什么特殊的美德，"罗宾说着，一副掌握了会议气氛的主席派头，觉得其他人都会明智地点头同意，"事实上，我想我们可以有把握地说，一定的婚前性经验肯定是有好处的。"

"就是，我同意，"莎莉说，"原则上同意。我的意思是，如果两个人都不知道该怎么做，第一次可能会是一团糟，而为什么女孩就总该是天真无知的那一方？那是老掉牙的想法了。"

"可难道你不认为,"乔安娜说,"如果你结婚的时候没有什么可期盼的,那会是很遗憾的事吗? 我的意思是,如果结婚只是把已经发生了的事情合法化的话?"

"问题是,"德斯蒙德说,"在我们有机会和别人一起获得性经验之前,我们爱上了我们想结婚的人。"

"你知道,德斯,你这话说得太赞了。"莎莉说。

一切又和过去一样了。大学时代无拘无束的同志般的友谊恢复了,深夜喝咖啡的时候重新又有了四点间的热烈讨论。但是,直到假期结束前的倒数第二个晚上,他们才正视了这样的事实:他们所面临的困境只有一个解决的办法。

坐在女孩们房间的床上,一晚上喝下的酒(比平时多了不少,因为他们开始不在乎花掉西班牙比塞塔①了)使四个人满面红光,双眼发亮。这时,德斯蒙德向大家提了出来。

"看来,"他说道,一面转动着漱口杯里的咖啡渣,"如果我们都想要获取经验,可又不期望结婚,而且也不想和

①旧时西班牙货币。

舞男或妓女乱搞——"

"当然不想。"莎莉说。

"真恶心。"乔安娜说。

"那就只有一个可能了。"

"你是说，交换？"罗宾说。

"呃。"德斯蒙德说。令他惊讶的是，并没有人笑。他迅速扫了一眼，没有人看他的眼睛，但是下垂的眼睑之下闪烁着儿童般狡黠的任性——是在阴雨天的下午被独自留在空房子里太久的儿童。

大约两个小时之后，莎莉敲着她和乔安娜合住的房间的门。罗宾几乎马上就打开了门，脸色苍白，狂乱地瞪着眼。

"你们完事了吗？"莎莉低声道。

他抽搐般地点点头，站在一边让莎莉进来。她躲避着他的眼睛。"晚安。"她说，几乎是一把将他推到了走廊里。

她关门的时候，他仍站在那里，瞪眼看着她。房间里，乔安娜趴在枕头上轻声抽泣。

"上帝啊，"莎莉说道，"别告诉我你们干了？"

乔安娜坐起身子。"那你们没干吗?"

"没有。"

"啊,感谢老天!"乔安娜陷入又一阵哭泣中,"我们也没干。"

"那你哭什么?"

"我以为你和德斯……你们待了那么长的时间。"

"我们在等你们呢。德斯就像疯了似的。"

"可怜的德斯!"

"真不知道你是怎么受得了他的。"

"罗布讨厌死了。"

"是吗?"莎莉听起来很高兴。

"啊,莎尔,咱们都怎么啦?怎么能想出这么可怕的事!"

"我不知道,"莎莉一边上床一边说,"也许是这个地方害的。淫热啦通奸啦什么的。"

"你说过不是通奸。"乔安娜抽搭着说。

"这回离通奸可是够近的了。"莎莉说。

* * *

罗宾回到房间的时候，德斯蒙德正在黑暗中抽烟。罗宾沉默地脱下睡袍上床睡觉。

"还好吗？"德斯蒙德清了清嗓子。

"还好。"罗宾答道，"你呢？"

"啊，挺好。"他停顿了一下，补充道，"我的意思是，你们俩进展得还好吗？"

"是的，我觉得你就是这个意思。"

"哦。"

"你说'挺好'的时候，是不是觉得我是这个意思呢？"

"是啊。"

"我就是这么觉得的。我就是这个意思。"

"啊，"德斯蒙德捻熄了香烟，"那么，晚安。"

"晚安。"

他们转身各自面对着墙，毫无睡意，任由嫉妒和敌意折磨。

第二天早晨他们起身，在充满敌意的沉默中穿衣服，刮胡子。两个人下楼吃早餐前各自偷偷摸摸地扔掉了一小包没有打开的避孕用品。

早餐的气氛很紧张。乔安娜和莎莉知道夜里什么无法挽回的事情也没有发生过，于是很是安心，倾向于淡化整件事情。她们根本没有想到罗宾和德斯蒙德互相并没有交心。对她们来说，男士们的行为只是显得粗鲁，不大度；但对男士们来说，乔安娜和莎莉的轻浮显得无情，堕落。最后，当乔安娜纵情于她偏爱的引语的时候，德斯蒙德俯身探过桌子，使劲儿扇了她一个响亮的耳光。餐厅里突然一片静寂。一个年轻的服务生逃进了厨房，杯盘晃得咯咯作响。乔安娜抽泣着，轻揉着发红的面颊，疑虑的眼睛里汪着泪水。

"德斯！"莎莉惊呼道，"这么做太不像话了！"

"是你怂恿她的。"罗宾指责道。

乔安娜摇摇晃晃地站起身子，莎莉匆忙去扶她。"你们真让我恶心。"她压低嗓门，对罗宾和德斯蒙德说道，"你们知道自己是怎么回事吗？你们俩都是性无能，因此才试图用打人来证明你们的阳刚之气。"性无能？都是性无能？德斯蒙德和罗宾互相看着对方，突然明白了过来。

"乔！"

"莎尔！等一等！"

他们起身去追两个姑娘，但一个蓄着小胡子的小个子西班牙人插了进来，鼓起了胸膛。女老板赶了过来，年轻的服务生跟在她身后，手里像抓着武器一样抓着一个长柄平底锅。姑娘们消失在楼上。德斯蒙德和罗宾决定离开那个场所。他们走到街上时，正碰见那两个美国人坐着租来的双轮轻便马车经过。美国人冲他们挤了挤眼，疑惑地抬起了眉毛，其中一个抓着自己的二头肌屈伸前臂，另一个用拇指和食指比了一个圆。

"啊，见鬼去吧！"罗宾说。

他们很快就和好了，误会也消除了。假期最后一天的下午，午休时一如既往：德斯蒙德和乔安娜，莎莉和罗宾。三个月后德斯蒙德和乔安娜突然结婚了，莎莉是伴娘，罗宾是伴郎。几个星期之后，角色颠倒了过来。

两对夫妇继续一起在夏天度假。他们各有三个孩子，年龄也都相仿，他们发现这种安排效果很好。现在孩子们长大了，急着去参加那些三十岁以下群体的套餐式度假，那些度假广告绝对是性混乱的鼓吹物。至于德斯和罗布以及乔和莎尔，他们在中年时都成了热切的高尔夫球迷，夏季假期都在苏格兰东海岸的各个高尔夫球场度过，那里的气候一般都被形容为"爽凉"。

酥胸酒店 ————

"松林别墅酒店！"哈里说，"更像是酥胸酒店。"

"别站在窗户边，"布伦达说，"别像个偷窥狂一样。"

"你什么意思，'偷窥狂'？"哈里继续透过卧室的百叶窗斜睨着楼下的泳池，"偷窥狂是侵犯他人隐私的那种人。"

"这是一家私人酒店。"

"奶子酒店。玉乳酒店。嘿，妙哉！"他扭过头，咧嘴一笑，"玉乳酒店，'布里斯托'① 这个单词的复数形式。明白？"

即使布伦达明白他在说什么，她也不感兴趣。哈里继续直勾勾地盯着看。"我没有侵犯任何人的隐私。"他说道，"如果他们不想别人看他们的胸部，为什么不遮盖起来？"

"那你就大大方方地去看。别偷窥。下楼去泳池看个

---

① Bristol，布里斯托，英国西部港口；Bristols，乳房。

够。"布伦达生气地梳着头发，"你去大饱眼福吧！"

"布伦达，你知道的，假期结束前，你都得把上半身裸露出来。"

布伦达嘲弄地哼了一声。

"为什么不呀？你没什么可以感到害臊的。"他又转过头瞅了她一眼，带着一丝挑逗的意味，"你那一对仍旧很不错啊。"

"当然是，谢谢你这么说。"布伦达说，"但是我打算继续遮盖着。"

"在罗马的时候，你就入乡随俗了。"哈里说道。

"这可不是罗马，这是蔚蓝海岸。"

"奶子海岸，"哈里说，"香乳海岸。"

"如果我早知道你来这儿是这副德行，"布伦达说，"我就不来了。"

多年以来，每年夏天哈里与布伦达都会在根西度假，布伦达的父母就住在那儿。如今儿女都已长大成人，有了自己的安排，他们决定做出改变。布伦达一直渴望去法国南部，现在他们终于有机会享受一次这样的度假了。现在，布伦达，开放大学新近的毕业生，有了一份全职教师的工作，他们经济条件优渥。当哈里的同事纷纷议论起贝尼多姆和帕尔马之类的海滨城市，谈到这个或那个海岸的优劣时，他提到他的度假地也在其中，这在巴纳德铸造公司的管理层餐厅里引起了令人愉快的激动。

"法属里维埃拉，哈里？"

"是的，靠近圣拉菲尔的一家小酒店。布伦达是从书里知道这个名字的。"

"我们现在发达了，是不？"

"价格不菲。但我们想，为什么不奢侈一把呢，趁我们还没有老到不能享受的地步。"

"你说的享受指的是盯着这些袒胸露乳的女人看吗？"

"有吗？"哈里带着一些并非完全装出来的天真说道。他当然知道，理论上讲，地中海沿岸某些地方的女性喜欢在海滩上裸露上身晒日光浴。他在他秘书的报纸上看过此类照片，为了得到这样的插图，他经常顺手牵羊。但现实却令他感到吃惊。

海滩上不再有那么多轻佻随便、不知姓名的人袒胸露乳，更多的是在酒店泳池边裸露身体的人，他们彼此熟悉，相互认识。泳池的与众不同以及更加令人感到不安之处在于，那些整天在泳池周边半裸躺着的女性，与你看到她们精心打扮参加晚宴，或在酒店大堂有礼貌地点头微笑，或在酒吧闲聊天气的，是同一拨人。自从布伦达找到了这个距离海岸数英里、有树荫翳蔽的泳池，远胜过太阳毒辣烘烤、炫目晃眼、人群密密匝匝的沙滩（更不用说海水可能带来的污染）——它俨然已经成为哈里了解这些袒胸露乳行为规则的好据点了。

哈里并不介意承认他向来迷恋女人的胸部，就像有些男人会对女人的腿或臀部有所偏爱。一直以来，哈里都被公司里的小伙子们称为"奶子控"。布伦达常说："你断奶断得太早了。"哈里扬扬得意地接受了这一诊断。他总要往目之所及的性感女性的上半身瞥上一眼，这已经是他一个简单的条件反射动作。空闲之余，他会琢磨研究遮藏在毛衣、衬衣和胸罩之下的胸部的形状。令人感到尴尬的是——至少可以这么说——在普罗旺斯的阳光下，这种无伤大雅的消遣完全就是多余。他几乎还没有开始对松林别墅酒店女宾客的身段品头论足，她们就彻底地满足了他的好奇心。确实，大多数情况下可以这样说，在社交场合见到她们本人之前，他就已经见过她们半身赤裸的样子了。

比如一个高傲的英国女人，也是一对双胞胎男孩的母亲和身形肥胖的股票经纪人的妻子，未曾见过有哪一天她丈夫手里没有拿着昨日的《金融时报》，脸上还洋溢着自我陶醉的微笑。或如一对德国夫妇，妻子以宗教般的热情崇拜阳光，借助石英闹钟，按照严格的时间表，不断地翻身、往身体上抹油。又如那位年龄不确定、身体晒得黝黑的女人，哈里私下给她起了卡门·米兰达的名字，因为面对侍者安东尼不时递给她的无绳电话，她急切而快速地说着西班牙语，也可能是葡萄牙语。

高傲女士躺下的时候，胸部平平，看起来就像男孩子的胸肌，当她站起来走动的时候，微微翘起的乳头像两个小啮齿动物的鼻子一样颤动着。德国女人的胸是完美的圆锥体，平滑而坚实，就像车床旋出来的一样，无论她采取何种姿势，形状似乎都没有改变过。然而卡门·米兰达的胸就像两个棕色的缎子包，当她在垫子上烦躁地翻来扭去，等待情人打来的下一个电话时，缎子包里满装着的黏滞液体就会不断地在她的胸里流来流去。这天早晨，泳池边并排斜倚着一对哈里从未见过的少女，其中一位穿着绿色比基尼泳衣，另一位则是黄色。她们刚刚发育成熟的乳房平滑无瑕，犹如果冻一般，哈里像家庭主妇看着司康饼在烤箱里微微隆起一样，感到一种宁静的满足。

"今天有两个新来的，"哈里说，"或者应该说是四个。"

"你下来吗？"布伦达站在门口说，"还是你打算一整个上午都站在百叶窗前偷窥？"

"我这就来。我的书在哪儿？"他在房间四顾找寻杰克·希金斯①的平装本小说。

"我看你也没有读多少，是吧？"布伦达一阵讥讽，"你应该每天挪挪书签，就当是做做样子。"书本无疑是在泳池边小心窥视酥胸的基本装备。你可以从书的上沿窥视，或是环着书的四周看，也可以不时地从书页上抬起头，就像是被数码之外的妙龄少女正好将衣服从肩部拉扯下来或是翻身仰躺晒日光浴时突如其来的声音和动作分了神一样。另一基本装备是一副墨镜，镜片色度越深越好，以便遮掩窥视的角度。哈里意识到，盯着裸露女人的上身也蕴藏着对分寸的拿捏。如果一个男人凝视或者让目光停留在裸露的胸部一段时间，那就是不礼貌的。因为这会破坏这一做

---

①杰克·希金斯（1929—），英国当代大众文学小说家，擅长写惊悚小说。

法建立于其上的基本原则，也就是说，其实并没什么值得死盯着看的，那不过是世界上最自然、最不带感情色彩的东西。（安东尼娴熟地为他的女性客人端上冷饮，或者为她们的午餐点单。他俯身前倾在她们俯卧的躯体上，就好像没有注意到她们正赤裸上身。）然而这一原则又和另一原则相矛盾，裸露上身只局限于泳池及其周围。她们一旦走上阳台或回到酒店内部，就把上半身遮起来了。裸胸的情色魅力的增减与武断决定的地点有关联？在卧室这样的私密空间里，丈夫或情人眈眈逐逐、轻柔爱抚的胸部，在泳池周围水泥地上，就真的变成了人们不在乎的一件东西，只不过是和胳膊、膝盖一样没趣的身体突出部分——果真如此吗？显然不是。这种想法很荒谬。哈里对此深信不疑，比如，他自己与包括安东尼在场的所有男人都从大多数女性裸露的胸部获得了极大的愉悦与刺激，而女性自身不可能对此毫不知情。哈里猜想也许她们也感到很刺激，她们裸露上体，明知男人不能露出任何被挑起性欲的迹象；而她们的自家男人也可能正在间接地、不同程度地分享这种兴奋。尤其是当一个人的妻子天生就有更美的胸部，为了拦截另一个男人对你妻子胸部流露出歆羡和妒忌的眼神，你默默思忖，"没关系，哥们儿，你可以看，只要不太露骨，但是只有我有资格去摸，明白？"那应是令人血脉贲张的。

在泳池边，哈里躺在布伦达身旁，酷热的天气以及关于这些困惑和悖论的思考让他感到一阵眩晕。突然间，他被一种反常的欲望的利箭刺穿了，透过其他男人的眼睛，他看见了妻子裸露的身体，并对她充满了欲望。他翻了个身，俯卧着，把嘴贴在布伦达的耳朵上，"如果你把上衣脱了，"他低声细语道，"我就给你买我们在圣拉斐尔看见的那件衣服。就是标价一千二百法郎的那件。"

* * *

此时，作者正好写到故事的这个地方。当时他坐在阳台上有太阳伞遮罩的桌子旁，这个位置正好可以看到下面的酒店泳池，他用的是惯用的钢笔和大页稿纸，而且也像惯常一样，堆积了许多删去和重写的稿纸，当没有任何征兆而狂风大作的时候，大风吹得酒店庭园里的松树东倒西歪，发出嘶嘶的声响。泳池的水面泛起波纹，几把太阳伞被吹倒了，许多写好的手稿也被吹到半空中打转。一些稿纸飘回阳台上或泳池边，要么就是被吹进泳池里，但更多的稿纸被一阵热风以极其惊人的速度吹到空中，吹到树的上方。作者跟跟跄跄地站起来，目瞪口呆地看着稿纸被吹得越来越高，就像脱线的风筝，在太阳下翻腾跳跃着，白色的稿纸映衬在蔚蓝的天空中。这就像是某个神明或是恶魔的天罚，一个倒置的五旬节①，带走而非给予文字。作者感到被强奸了。在泳池边晒着日光浴的女人们好似深有同感，当她们起身站立时，遮住裸胸，看着在空中不断打转的纸消失在远处。她们把脸转向作者，同情的笑容里混杂着幸灾乐祸。那对英国的双胞胎少女在她们母亲的尖声喝叫下，在泳池边急促奔跑，忙着拾起散落的稿纸，焦急地把它们还给其主人。狂风四起之时，那个德国女人正好在泳池里，便捡起两张已经湿透的稿纸，上面的墨迹洇成条条泪痕。她用食指和大拇指捏住，小心翼翼地放在作者的桌子上晾干。侍者皮埃尔在他的托盘里摊放着另一页稿

①亦称圣灵降临节，被定于复活节后的第五十天，是教会用来庆祝圣灵被赐给使徒们，使得教会在早期迅速成长的一个节日。

纸。"这是一小股密史脱拉风。"[1] 他带着怜惜说道，"多么可惜！"[2] 作者呆呆地向他们一一致谢，眼睛仍盯着天上飘着的稿纸。现在，它们已经是遥远的空中几处模糊的小点，正慢慢地落入松林。酒店四围，空气又静止了。渐渐地，客人们回到了躺椅和垫子上。女人们小心地露出胸部，又在身上涂抹上卡尼尔牌防晒霜，继续追求完美的古铜肤色。

"西蒙！贾斯伯！"英国女人说，"你们为什么不去树林里走走，看看是不是还能找到那位先生更多的手稿呢？"

"噢，不了，"作者忙不迭地说，"不用麻烦。我敢肯定它们现在已经在数里之外了。而且它们也不那么重要。"

"不麻烦的。"英国女人说，"他们很愿意去树林里呢。"

"就像寻宝一样，"她丈夫说，"或者，就是追稿纸玩。"

他为自己的那句玩笑话笑了起来。孩子们乖顺地跑到树林里去了。作家回到他自己的房间，等着妻子从圣拉斐尔归来，她错过了这一场好戏。

"我买了这件样式最最可爱的衣服。"她一进房间就说，"别问我多少钱。"

---

①原文为法语。密史脱拉风指法国南部干冷而强劲的北风或西北风。
②原文为法语。

"一千二百法郎？"

"天哪，没有啦，哪有那么贵。其实才七百五十法郎。你怎么啦？样子怪怪的。"

"我们得离开这家酒店。"他把刚才发生的一切告诉了她。

"没什么可担心的。"他的妻子说，"这些小屁孩可能不会再找到更多的文稿了。"

"噢，他们能找到的。他们把这看成一种挑战，就像是爱丁堡公爵奖① 一样。他们会把周围数里松林都搜查个遍的。如果他们找到了，他们肯定会读的。"

"他们看不懂。"

"可他们的父母能看懂啊。想想看高傲的英国夫人发现她的乳头被比作小型啮齿动物的鼻头会是怎样啊。"

作者的妻子笑得连说话都结巴了。"你这个傻瓜。"她说道。

"这不是我的错。"他辩解道，"这阵风不知道是从哪儿

————————

① 创立于 1956 年，由英国菲利普亲王发起，鼓励十四至二十四岁的年轻人参加社会活动，积极锻炼身体，发展兴趣爱好，并热心助人，用乐观的心态面对生活。

冒出来的。"

"难道是上帝的旨意？"

"确实如此。"

"我不认为他喜欢这个故事。我也不敢说我自己喜欢。结局会是怎样？"

就故事已经写出来的部分来说，作者的妻子是一清二楚的，因为昨晚他在床上已经读给她听过了。

"布伦达会收受恩惠而赤裸上身。"

"我不认为她会。"

"她会的。哈里会非常高兴。他感到他和布伦达最终都解放了自我，加入到优雅时髦的一群人之中了。他想象自己给公司的小伙子讲着这件事，令他们羡慕得欲火中烧。他下体勃起，只好一整天都趴着。"

"啧，啧！"他的妻子说道，"太粗俗了！"

"那天夜里，他迫不及待地想要上床睡觉。但当他们准备回房间的时候，他们分开了。我还没有想出具体原因，哈里先上楼回到房间。她没有立即跟上来，因此哈里就自己铺了床，躺下先睡着了。两小时后他醒来，发现布伦达仍然不在。他感到很担心，穿上睡袍趿着拖鞋就要出门寻她。就在那时，她出现了。你到底去哪儿了？他说道。她脸上神情异常，在告诉他发生的事情之前，她径直走到房间，从冰箱里取出一瓶气泡水喝了起来。她说安东尼在楼下拦住她，献给她一束花。似乎每个星期，酒店的所有男性员工都要投票选出胸部最为丰满圆润的女房客，而布伦达则名列榜首。这束花代表着他们对她的钦佩和敬意。她很难过，因为她把花留在了安东尼的房间里。"

"安东尼的房间？"

"是的，他哄她去看他的房间，一个森林中的小木屋，然后给她斟上一杯酒，然后顺理成章地，她就让他和她做爱了。"

"荒谬至极。"

"未必。在公共场合脱下胸罩也许释放了布伦达身上长期以来隐潜着的、哈里从未目睹过的放荡不羁。不管怎样，她已经喝得相当醉了，不知羞耻。她绘声绘色地讲着安东尼作为情人的做爱技巧，对哈里大加奚落，说安东尼在这方面比哈里天生就强多了。"

"越写越糟。"作者的妻子说道。

"这时，哈里扇了她一耳光。"

"噢，好，好极了。"

"布伦达把衣服脱了一半，爬上了床。几小时后，她醒了过来。哈里正站在窗边凝视着空荡荡的泳池，池水在月光下发出一种诡异的蓝色。布伦达从床上爬起来，走过去碰了碰他的手臂。上床睡觉吧，她说。我告诉你的不是真的。他慢慢地把脸转过来对着她。不是真的？他说。不是的，都是我瞎编的，她说，我拿着一瓶红酒在车里呆坐了两个小时，然后瞎编乱造了这个故事。为什么？他说。我不知道为什么，她说，我想大概是为了教训你一顿吧。我对你厌烦了。但这是一个愚蠢的念头。上床睡觉吧。但哈里只是摇着头，转过身去凝视着窗外。你一直说那东西大小不重要，他说。是的，她回答，对我来说，这的确不重要。我告诉你了，全是我瞎编的。"

哈里只是难以置信地摇着头，盯着楼下蓝蓝的、没有酥胸的泳池周围。故事的结尾就会是这样："他盯着楼下蓝蓝的、没有酥胸的泳池周围。"

当他说这些话的时候，作者本人也正好站在窗边，望着泳池。酒店客人都已经离开了，去更衣吃晚餐。只有皮埃尔孤零零地独自在太阳伞和桌子间走动，收拾扔在那里的浴巾和肮脏的茶盘。

"唔。"作者的妻子说。

"你看，哈里对女人胸部的迷恋，"作者说，"已被他无法摆脱对自己身体的焦虑所取代。"

"是的，我明白。你知道的，我也不是完全没有判断力。"作者的妻子走到窗前，看着楼下的泳池，"可怜的皮埃尔。"她说，"他想都不会想到跟哪个女人打情骂俏。他显然是一个同性恋。"

"幸运的是，"作者说道，"当狂风把稿纸吹到乡间四野的时候，我的故事还没有写到那儿。但是你最好拿出米其林指南，找另外一家酒店。我不能忍受继续住在这里的念头，我会每时每刻都焦虑不安，万一哪个酒店客人从林中散步回来，手里拿着令人感到难堪的文稿。这可是非同小可啊。"

"你知道，"作者的妻子说，"这的确是个更好的故事。"

"是的，"作者答道，"我想我会写的。我要叫它《针尖对麦芒》。"

"不，叫《酥胸酒店》。"作者的妻子说，"她们的和你们的。"

"那么你的怎么样了？"

"别提了，拜托。"

那天晚上很晚的时候，他们躺在床上，不知不觉快要睡着。作者的妻子说："你并不真的希望我袒胸露乳，是吧？"

"不，当然不希望啦。"作者说。但听起来他既不完全确信，也不能使人完全信服。

田园交响曲 ————

哒哒哒，哒哒哒，哒哒，哒哒，哒哒……每当我听到贝多芬《田园交响曲》中《牧羊人之歌》开始的旋律，就必定会记起我如何谋划拥抱圣母玛利亚——也就是邓普娜·卡西迪，那时她正扮演圣母玛利亚。那是20世纪50年代早期的某个圣诞节，当时我在伦敦南区为圣母青年俱乐部制作一出基督诞生剧。我说制作，指的是我集编剧、导演、选角、演员、布景设计者，当然，还有音乐挑选人于一身。我唯一没有做的事情是缝制服装。我忠实的母亲和愤愤然的姐妹们被迫从事这项工作。

听起来好像那时我已经醉心于舞台了，但其实当我开始这个项目的时候并非如此。当时我在圣阿洛伊修斯中学读六年级，学习英语、法语、拉丁语和经济学，并打算上大学读法律，我的志向是成为一个有资格出席高等法庭的律师（这个念头是父亲灌输给我的，他是一位律师的首席助理，一心指望我成为法律行业的明星）。我从来没有打算最终成为音乐剧导演——在从斯肯索普到悉尼之间的任何地方，巡回演出一些曾风靡一时、如今已过了气的音乐剧，像《俄克拉荷马》《国王和我》之类的。几年前我确实在伦敦西区导演过一出新的音乐剧，不过你大概从来没有听说过，演了三个星期就黄了。不过我对自己的新项目仍怀有巨大的期望，是《安东尼和克里奥帕特拉》的音乐剧版，叫作《克里奥》。剧本是我亲自写的。

不过我扯远了。回到基督诞生剧上来。《圣诞节的故事》，剧名相当缺乏想象力。我想称之为《子宫之果》，但是教区牧师斯坦尼斯拉斯·林奇神父不同意——这是我们俩在这部剧上诸多斗争中的第一个。他说我这个剧名粗俗。我指出这是引自万福玛利亚的祈祷文，"尔子宫之果耶稣有福了"。他说脱离了上下文，这些字具有不同的效果。我说："你的意思是在上下文里它们根本没有任何效果，因为天主教徒不经过大脑嗡嗡嗡地背诵祷告词时，并不去注意祷告词里说的是什么。我的剧就是打算使他们震惊，摆脱心灵的麻木，重新意识到圣诞的意义——上帝差遣耶稣来到人间救赎世人。"那时我是个口齿伶俐、傲慢自大的青年——至少在智力辩论上是如此。但在生活的其他方面，比如和女孩有关的事情上，我就没有那么自信了。

但是斯坦神父（我们总这么称呼他）回答道："你说的好倒是好，可是得有海报宣传这部剧啊，我不会让'子宫'这个词张贴在我的教堂门廊上的。天主教修女联盟不会喜欢的。"在家里我以此为例，使劲抱怨市侩的教会审查，直到我的一个姐妹说"子宫之果"使她想到"纺织机之果"——那时候一个知名棉质内衣的品牌名，我才决定放弃这个剧名，不再反抗。

哒哒哒，哒哒哒……《圣诞节的故事》中还有别的音乐，在每幕结束后换景时演奏，为下一幕营造气氛。我为圣母领报节①选择了古诺②的《圣母颂》，为三王选择了里姆斯基·科萨科夫③《谢赫拉萨德交响组曲》的主旋律，为逃往埃及选择了《女武神》④。我父亲收集了一些相当不错的

———————————

①天使向玛利亚传报上帝的旨意，她将受圣灵感孕而生耶稣，传报之日为圣母领报节。
②夏尔·古诺（1818—1893），法国作曲家。
③科萨科夫（1844—1905），俄罗斯作曲家。
④德国作曲家理查德·瓦格纳（1813—1883）所创作的作品。

七十八转的古典音乐唱片，并允许我在我家的收音电唱两用机上播放，那是放置在前厅凸窗旁的一台胡桃木制的庞然大物。但是，是《牧羊人之歌》，只有《牧羊人之歌》，触发了我对这部剧以及对邓普娜·卡西迪的记忆。当然，我选择《牧羊人之歌》是为了导入伯利恒的牧羊人来敬拜初生的耶稣这一场戏的，但是在排练的过程中这首曲子也扩展到了其他部分。

* * *

一切都始于十一月初的一个周日晚上。在青年俱乐部的一次舞会上，我和斯坦神父坐在舞池边的两张折叠椅上观看一对对人伴着便携式电唱机中播放的奈特·金·高尔吟唱的《过于年轻》，拖着脚步跳舞——如果你能够把教区那满是灰尘、地板开裂的礼堂夸大为舞池的话。

我坐着是因为我没有跳舞，不会跳舞，假装不想跳舞，而其实使我干坐着没有舞伴的原因是，我不愿意在学跳舞时让人看着觉得很傻。我参加这些活动的借口是，我是青年俱乐部委员会的书记；而吸引我去的是我的秘密需求：

我想看到邓普娜·卡西迪，尽管看她在别的男孩怀抱里扭来扭去是一种极度的折磨。幸运的是，青年俱乐部里大多数男孩和我一样腼腆，姑娘们很多时候只能和彼此跳舞，就像邓普娜那晚就是和她的朋友宝琳一起，和着《过于年轻》的甜美旋律跳舞。即便和她一起跳舞的是个男伴，俱乐部的礼仪也禁止跳舞的两个人之间有亲密接触。这就是斯坦神父在场的原因：确保总能够看见两个舞伴的身体之间透得过亮光。

> 他们说我们太年轻，
>
> 年轻得不会真正坠入爱河……

并不是说我爱上了邓普娜·卡西迪。这正是问题之所在。

她漂亮，丰满，绿玉色的眼睛，一头古铜色天然卷发闪着微光——那是为了参加社交活动而新洗的。她面色红润，半透明的白皙皮肤宛如一尊精美的石膏雕像的表面。她的下嘴唇甜美地噘着。她笑的时候面颊上露出两个酒窝，使我对她的名字和她的教名产生了联想。卡西迪这个姓缺乏诗意的共鸣，但是邓普娜[①]不仅意味深长地示意出她的酒窝，而且包括了她整个人。这个名字的音节具有一种柔和、顺从而富有弹性的特点，在我的想象中，拥抱她的时候，她的身体就会给人这种感觉。而我是多么渴望拥抱这个身体啊！我是多么向往能够像在上千部电影中看到的爱情场景那样，把她肉感的身体像靠垫一样紧紧地抱在胸前，把自己的嘴唇紧压在她噘起的完美的嘴上。但我并不爱邓普娜·卡西迪，也不打算假装爱她。然而，在彼时彼地，要想亲吻一个像她那样的女孩，必须二者选其一才行。就是说，我必须公开宣布自己是她的确定了关系的男朋友。

在这里我不得不相当羞愧地承认，我觉得如果我追求邓普娜·卡西迪，那是降低了自己的身份。这不仅仅因为她出身贫苦，虽说这是个事实。她那有点粗俗的一大家子人住在政府建造的廉租公寓里；而我们拥有自己的住房，一幢大气的维多利亚式连排房，有台阶通到前门外。也不是因为她偶尔吞掉"h"这个音，并且往往省略掉"butter"和"better"中间的辅音。如果邓普娜·卡西迪拥有一些

---

①邓普娜的英文是 Dympna，酒窝英文是 dimple，发音相近，故产生联想。

能和她身体的吸引力相匹配的头脑优势的话，我还是能够容忍这些不利条件的。可是她的头脑显而易见是空空如也——除了几首流行歌曲、影星的名字、时尚笔记和她老师的趣闻逸事之外，一无所有。我在小学毕业后的升学甄别考试中成绩出众，而她却没有通过，上了个技术学校，学的是商业课程。她受过速记员的训练，尽管她本人想在女装店做销售员。我知道这些情况，是因为我利用机会和她闲聊——在礼拜日弥撒后教堂外面，青年俱乐部晚会后收拾教区教堂的礼堂时，或是在俱乐部偶尔组织的去肯特乡间漫游时。我看得出来邓普娜对我感兴趣：她被我精心打造出来的、不穿校服时那微带公子哥儿的神态所吸引，还有我的长头发、绿色灯芯绒夹克衫和暗黄色背心。我知道她没有喜欢别的男孩，虽说在教区里爱慕她的人不少。我有把握，如果我先向她做出表示的话，她会接受的。

但是我却止步不前。我的未来是明确规划好了的，其中没有邓普娜·卡西迪的一席之地。学习、考试、优等生、奖励，多年的努力和自我克制终将得到回报：出人头地的律界生涯。邓普娜那一类人对生活有着完全不同的态度：尽早离开学校，找份工作，无论是多么平庸的重复劳动，活着只是为了休闲和娱乐的时光，跳舞、购物、看电影，"过得快活"。在轻率浅薄的享乐中挥霍完青春，然后和自己的父母一样，陷进单调的、家务缠身的成年时代，在入不敷出的情况下艰难地养儿育女。和邓普娜搅缠在一起，我觉得她肯定会把我拖入那个深渊。我发誓，当时我认为只要一个吻就会造成这样的后果。一个吻，我就会走上一条导致轻率不成熟的婚姻的道路。而婚姻对邓普娜·卡西迪来说将会是无情的。看看她的母亲，你就能知道二十年以后她会是什么样子了：松垂的胸部，生孩子后的粗腰，后牙掉落后深陷的面颊。我看着她带着宝琳跳狐步舞，毫无意义地聊着她在商店橱窗里看见的一双鞋，沮丧地对自己说，邓普娜再也不会像现在这样漂亮了。她们对那双鞋子的兴趣似乎贯穿了整场舞，每一次她们跳着舞转着经过我和斯坦神父的时候都还在谈论。

"你认识教幼儿园的露南夫人。"斯坦神父突然说道。我说认识，十年前她教过我。"你知道她每个圣诞节都和孩子们一起演一出基督诞生剧。嗯，她下星期得住院动手术，要病休到一月。我一直在想，如果青年俱乐部今年把这件事接过来，那不是很好吗？我是指演基督诞生剧。来一次稍微……不那么幼稚的剧不好吗？来点教区的年轻人能够认同的东西。你觉得你能组织一下吗，西蒙？"

"行啊。"

"嗯，那太好了。"斯坦神父说。我这么快就同意了，这使他有点儿吃惊。"你确定你有时间吗？我知道圣阿洛伊修斯中学的课业繁重。"

"我能对付，神父。交给我吧。"

"啊，那太好了。我去看看天主教真理会有没有发表什么合适的剧本，我觉得露南夫人用的那剧本不怎么对路。"

"剧本我自己来写。"

他刚一提到基督诞生剧，我的眼前立刻出现了一幅生动的画面：邓普娜·卡西迪扮演圣母，她惊人的漂亮，古铜色金属丝般的头发在舞台灯光下如熠熠闪亮的光环，而我自己则演圣约瑟，扶着她走在通向伯利恒的路上，胳膊搂着她的肩膀，或者甚至抱着她的腰。我找到一个完美的借口，可以不必承担任何道德或感情责任就和邓普娜·卡西迪产生亲密的肢体接触。

"演出前你必须把剧本给我看一下，以便确认没有什么旁门左道的东西。"斯坦神父狡黠地咧嘴一笑，露出了被尼古丁熏黄了的参差不齐的牙齿。

信不信由你，我用了两个周末写好了剧本。我没有为选角试镜费心，部分是因为没有时间，部分是因为没有人会来。永援圣母青年俱乐部没有这样的传统。我挑选俱乐部里最合适的成员分配了角色，用行话说就是没有要求对方试读台词就定好了角色。自然我最先找的是邓普娜·卡西迪。当我告诉她我想要她演圣母玛利亚的时候，她高兴得满脸通红。但她摇着头，咬着下嘴唇，说她这辈子从来没有演过戏。我对她说不用担心，我在学校演戏，有点经验，会帮助她的。我期盼着在我家前厅里，在收音电唱两用机发出的适宜的背景音乐中给她进行亲密辅导的时光。哒哒哒，哒哒哒……我脑子里是不是已经有了那段音乐了？

我一再拖延着没有给斯坦神父看剧本，借口排练过程中还在不断进行修改。但他终于起了疑心，从一个演员手里借了一本，于是爆发了一场巨大的争吵。一天晚上他来到我家，幸亏我父母当时没在，他手里像攥着根警棍似的攥着卷起的剧本，在我面前狂怒地挥舞着问："这堆烂污货是什么意思？你玷污纯洁无瑕的圣母，意欲何在？"

我立刻就知道他指的是第一幕第一场结尾处的舞台指导说明："约瑟和玛丽拥抱"。

我承认，这一个场景确实没有多少出自《圣经》的依据。我是力图在想象中描绘出玛丽和约瑟订婚后，还不知道自己会成为上帝的母亲时的生活。我的目的是使我的剧具有当代风格——十年以后这会被称作"关联性"。没有道貌岸然的陈词滥调和《圣经》里的古语，有的是现代青少年能够认同的口头语言和自然的行为举止。在我的想象中，玛丽在她生命的那个阶段是个快活、生气勃勃甚至有点活泼好动的姑娘，和一个比她年长的相当严肃的男人订了婚。我在一场戏里写了玛丽到约瑟的木匠铺去找他，试图说服他一起去散散步。约瑟拒绝了，他要干完一件活，于是恋人间闹了点小别扭，但很快就重归于好了，一个吻确认了他们的和好。

第一次对台词的时候，演员中有好几个人对这场戏是否恰当提出了质疑，但我给出的理由是，在一对订了婚的、当时并不知道他们将把救世主耶稣带到人间的男女之间，这是很自然的行为。邓普娜本人在讨论中没有发言。她一直垂着眼睛，紧闭着双唇。我觉得她很清楚写这场戏背后的真正动机。

又对了两遍台词之后，我开始设计动作，从开头起。但是我发现当我进行到第一幕第一场落幕前的最后一句台词——

　　约瑟：玛丽，我永远不会长久地生你的气。
　　玛丽：我也不会。

——我就胆怯了。我只说了句："这时约瑟和玛丽拥抱，大幕落下。"

"你不排练接吻了吗？"自愿担任舞台监督的玛格达·弗农说。她是个古怪的女孩，又高又瘦，眼镜不断溜下她的塌鼻子，黑头发向四面八方支棱着，一副刚刚起床的样子。她偏爱深色长运动衫，总是残酷地把衣服拉扯得没了形：把下摆拽到屁股底下，把袖子抻到像手套一样盖住手，仿佛在力图把自己包藏在衣服里。传说她曾经有过精神问题，试图离家出走，她父母让她加入了青年俱乐部，好让她变得正常一点儿。不过她好像并不太喜欢。这次排练基督诞生的剧，是第一件使她稍稍产生了一点兴趣的事情。在讨论那个拥抱是否合宜时她支持了我，为此我很感激。不过此时我却希望她不要干预。

"目前没有时间排练所有的场景，"我说，"我们进入第二幕，好吗？"但到我们下一次再排第一幕的时候，我又一次在最后的接吻前停住了。

"你不该决定一下应该是怎样的吻吗？"玛格达坚持道，"我的意思是，谁吻谁？是吻嘴唇还是吻脸蛋？"

"最好是吻脸蛋，"扮演希罗德的男孩说，"不然斯坦神父会火冒三丈的。"大家吃吃地笑了起来。

"我还真没有考虑呢。"我撒谎了。其实好多天以来，除了这个我还真没怎么想过别的事。"我想等彩排的时候再定吧。"

稍晚，演员都回家以后，只剩下玛格达和我一起检查演出所需的道具清单，她调皮地看了我一眼，说："我不信你知道怎么做。"

"什么怎么做？"

"怎么吻女孩子。要是你愿意，我可以教你。"

"我自己完全能行，多谢了。"

但是后来，在十二月那个寒冷的夜晚步行回家的时候，我开始后悔拒绝了她的建议，并在心里演习了各种计谋以重提此事。但就在第二天，斯坦神父大发雷霆，我的剧本中的第一场被删了，我没有了需要玛格达指导的借口。

就这样，我根本没能做到拥抱邓普娜·卡西迪。在去伯利恒的路上，我把胳膊搂在她的腰上，但她在那一场里穿了这么多层衣服，算不上什么触觉上的感受。那个时候，在我这方面，我对邓普娜已经失去了性方面的兴趣，脑子里更多的是她作为演员的缺点。支配着戏剧编导们的疯狂和着魔般的对完美的追求控制了我。邓普娜老是忘词。没有忘词的时候，她背诵台词的声音单调，而且低得几乎听不见。如果我批评她，她就会生气，说她本来就没有要求演我这出无聊的戏。她的唯一可取之处是长得太漂亮了，因此我就把她的台词几乎删光，使她主要在背景音乐下无声地做动作。我注意到她喜欢《牧羊人之歌》，如果心情好，还会独自哼哼这曲子，因此我决定将它作为玛丽出现时的主旋律。这需要玛格达在舞台侧面干净利落地配合——她得同时操作便携式留声机和充当提词人——但这被证明非常有效。我偶然找到了音乐剧的首要资源之一：主题反复。谁都猜得出来观众鱼贯地走出教区礼堂时嘴里哼的是什么。我们的剧很是轰动，演出结束后我陪玛格达走回家，在她家的前廊亲吻，直到把嘴唇吻得生痛为止。

玛格达成了我的第一个女友，一直到第二年我们上了不同的大学才慢慢疏远。我如预计的那样读了法律，但是所有的时间都混在戏剧社和歌剧社里，勉强拿到了一张三等文凭，在父亲的极度反感下直接进了戏剧学校。奇怪的是，玛格达也热衷于戏剧，她在大学里念的是戏剧，在省级各个定期换演剧目的剧场里做演出助理，最终进入了电视界，成了不错的制片人。我们偶尔会在娱乐行业活动的场合相遇，而当我们像娱乐行业的人相遇时那样拥抱的时候，她总会说："嘴唇还是脸蛋，亲爱的？"以此来取笑我。

而邓普娜呢？嗯，她没有成为打字员或售货员。她也没有失去身材或牙齿。有人发现了她作为摄影模特的潜质，她在20世纪50年代后期红了一阵，照片出现在好几种女性杂志的封面上，直到简·诗琳普顿①式的神态使她不再时

---

① 简·诗琳普顿（1942—），20世纪60年代英国超模。

髦。据我母亲说，她嫁了个有钱的老板，不再从事模特工作。他们住在纽马克特^①附近的一所庄园宅邸中，拥有一群赛马……我一直在想，我也许会写信问问他们愿不愿意给《克里奥》投点资！

---

①英格兰东部城镇，著名的赛马中心。

—场刻骨铭心的婚礼 ————

每个认识艾玛·多布森的人都认为她是一位脾性执拗的年轻女子。"艾玛对她的个人目标和优先事项有清晰的认识，"她曾是一所高级中学的女生代表，该校的女校长在她的毕业鉴定里这样写道，"并且，她有能力和决心加以实现。"此言不虚。她在巴斯大学的现代语言学专业取得二等一级的优异成绩（该学位侧重时事政治而非语言文学，因而雇主极为看重），并获得华威大学的商科硕士学位。念硕士期间，她住在家里，生活便利，日子也过得俭省。房子在索利哈尔，那一带树木葱郁，房间宽敞、现代。毕业后她被一家国有银行的快速培训项目录用，加入了位于伯明翰的中部地区总部，不久就被提升至高端私人客户部担任要职。她的父亲是一家为汽车生产零部件的公司的董事总经理，给了她一笔无息贷款，用于按揭首付一套一居室公寓。公寓位于一栋新式建筑的七层，可以俯瞰城中心的运河。运河曾属于工业化时代单调的水道系统的一部分，如今已变成休闲娱乐、时尚生活的街区。

在一门关于金融业务新发展的课程上，她遇到了一位年轻的会计师内维尔·霍洛威，他也在一家伯明翰的公司里任职，她开始与他外出约会。此人风致俊朗，褐眸皓齿，时常展露迷人的微笑。艾玛的牙齿对她本人而言是一种天然的缺憾，那两排小齿极不规整，因此她养成了不怎么笑的习惯。但她金发飘逸，面容姣好，体形丰韵有致，腰身十二码。看着镜子里的自己或站或坐在内维尔的身旁，她认为他们真是靓丽的一对。过了一些日子，内维尔搬进了艾玛的公寓，共同偿还房屋按揭贷款，并分摊其他日常开销。他们平日各自步行去上班，周末沿着运河步道慢跑。他们经常在城中心不断涌现的异国风味餐厅里大快朵颐。这样的日子令人感到惬意。

艾玛的父母在更为严苛的清教徒式道德规范的熏陶下长大，并不赞成女儿和内维尔同居。但他们对他喜爱有加，便勉强承认这是现今年轻人的生活方式，因此忍住不去干涉指责。然而，有一天，当这段同居关系维持了差不多三年时，多布森太太再也无法抑制内心的情感，向艾玛问起她和内维尔对将来有没有什么打算。"你是指结婚吗？"艾玛问道。"是的，亲爱的。"梅布尔·多布森紧张地说。"事实上，我最近也在思考这个问题。"艾玛说。这让她母亲大松了一口气。艾玛一直以来都在规划着自己的未来，婚姻大事也占有一席之地。长久以来，她与内维尔过得幸福甜蜜，这让她对这段同居关系上升到谈婚论嫁的高度感到安心。她母亲的问题可谓及时——这使她在向内维尔提及婚姻大事时有了一个借口，她第二天晚上便这么做了。

他似乎感到惊诧，甚至心绪不宁。"难道我们现在不够幸福吗？"他问。"幸福啊，但是我们不能永远这样下去。"她说。"我想有孩子，但确切地说，现在并不想要。"她谨慎地接着说下去，"但我知道自己总有一天会要孩子的，如果这件事拖得太久，就会有各种健康上的风险。""你的意思我懂，艾玛。"内维尔说，"但是也没有那么着急，对吧？""现在办一场婚礼要花很长的时间，尤其是我想要的那种。"她说。"那是哪一种呢？"他问。"一场刻骨铭心的婚礼。"艾玛说，"比如，我想在朗斯塔夫礼堂办招待会，我碰巧知道，如果想在夏季的周六举办，就要提前至少一年预订。"朗斯塔夫礼堂原是一座 18 世纪的乡村大宅，坐落于索利哈尔郊外的绿化带上，现已改建成酒店。内维尔曾与多布森一家在那里一起庆祝多布森太太的生日，他很清楚这个酒店位置上的吸引力。"必须是在某个周六，或是夏季吗？"他说着，脸上露出迷人的微笑。"是的。"艾玛板着脸说道，"就在六月份吧，在所有你打算邀请的人开始外出度假之前。"

一直以来，艾玛都心许自己要办一场刻骨铭心的婚礼，既豪奢有排场，又不失经典韵味，以此来标志她结束单身状态。这场婚礼是对她兢兢业业工作和功成业就的一种回馈，也是对她生活的一种烘托。她心里很清楚，别的人——她的家人和朋友，尤其是女性朋友——都认为她太过自律，对自己没有好处，待人处事缺少热情，谨言慎行，不懂得浪漫情调。她的婚礼会证明他们都错了，她并非是对想象力、情感和愉悦之事无动于衷的人。但是当然，作为艾玛本人，她在对待婚礼的准备工作时也像对待生活中的其他方面一样，井井有条，专注于掌控每一个细节。工作之余，她把婚礼的筹划工作看作是她的使命，她的所爱，并全情投入其中。

幸运的是，由于其他人取消预订，下一年六月的最后一个周六他们可以在朗斯塔夫大厅举办婚礼，算起来距现在也仅有九个月之遥。艾玛和她的父母一起去见了酒店的运营经理，并说服她父亲为他们预订下整个场地，供他们独家使用一天一夜。她把菜单和酒水单的样本带回家与内维尔一起斟酌，但只有在裁夺酒水饮料方面时，她才遵从他的意思。他们列出了一份有一百五十人的宾客名单，而且还不包括孩童。当弗兰克·多布森粗略估算成本时，他大为震惊。"这要花一大笔钱。"他对妻子说。"她可是我们的独生女。"梅布尔·多布森说，"而且你也负担得起。"用"你"而非"我们"缘于多布森先生是这段婚姻关系里负责养家糊口的人，独生女儿出生前不久，梅布尔就永远退出了牙医接待这个职位。弗兰克若有所思地喃喃自语道："听你爸说，我们的婚礼只花了五百英镑。即使考虑到通货膨胀，和这场婚礼比起来也不过是九牛一毛。"当他提议婚礼的开场仪式用气泡白葡萄酒代替香槟以节省开支时，艾玛破天荒地做了一件自孩提时代以来都未曾做过的事：她大发雷霆，扯着嗓子咆哮，嗓音几乎变成惊声尖叫，然后撕心裂肺地抽泣起来，指责父亲故意吝啬小气，要把她一生中最重要的一天搞砸。这场闹剧令人折服，如此让人惊恐不安，以至于弗兰克·多布森自那时起就再也不敢质问婚礼上的任何支出。

艾玛继续安详地根据自己完美的标准筹划婚礼：聘请一位竖琴师为婚礼提供背景音乐和一支乐队为晚上的舞会伴奏，聘请摄影师、摄像师记录婚礼当天的每一个瞬间，指点花艺师挑选布置在礼服纽扣孔上及酒桌装饰上所需的鲜花，预定她心仪的发型设计师在婚礼当天早晨到她父母家为她做造型，挑选喜帖的设计和撰写帖文，起草一份希望得到的来自约翰·路易斯百货公司①的礼品单，以方便人们送礼，当然，还要从婚纱店预定礼服。婚纱礼服是定制的，由白色缎子和蕾丝花边制成，设计灵感来自凯特·米德尔顿②的婚纱礼服，还需要试穿几次。当多布森太太看着她穿着最后完成的婚纱礼服时，脸上流淌着骄傲和喜悦的泪水。艾玛的双胞胎表姐妹乐意担当伴娘，非常高兴能够穿着同款同色的衣服（其实她们鲜有机会如此打扮）。另一

①伦敦最大的百货商店，牛津街商业区和购物中心里都有它的分店。
②凯特·米德尔顿（1982— ），英国威廉王子的妻子。

位亲戚的六岁大的儿子，将会穿着像《小爵爷》里的小爵爷特勒罗伊那样的礼服，做她的小男傧相，在艾玛从教堂的中央通道走下时牵起婚纱的拖裾。她对在结婚登记处或其他一般世俗建筑里举办的婚礼嗤之以鼻。只有教堂才是举办她的婚礼的恰当场所，尽管她和内维尔都接受了英格兰教会的洗礼，但两个人都非活跃的宗教信徒。索利哈尔的中世纪教区教堂在那天可以举办婚礼，但附近没有停车位，宾客们还需在仪式结束后自行开车或搭车到朗斯塔夫礼堂。朗斯塔夫村里的一座古老的小教堂则是完美的场所，艾玛说服了起初犹豫不决的牧师，让他们在那里举办婚礼。她瞎编乱造了一个理由，谎称她和内维尔打算到时候在那儿找一所房子。这是婚礼筹划清单中艾玛最无法驾驭的一项，当她在该项旁边画上一个勾时，她感到心满意足。一切都按照计划进行着。

在所有这些时间里，内维尔很乐意把婚礼的筹备工作交给艾玛，当然她也很乐意恪尽其责。当她知会他做出的各种安排时，他心不在焉地——应允。他忙于工作，把重心都放在了即将前往迪拜的公差上，在那里他要执行一项繁杂的审计工作。当他拒绝她关于婚礼上穿常礼服的提议时，他们争执起来，但她最终设法说服了他。她提议在马尔代夫十天蜜月旅行前应该禁欲，于是引发了他们之间的第一次严重分歧。

"到底是为什么？"他盯着她说。

"我一直认为，"她说道，"我一直认为这会让整件事变得更有意义，更令人激动。我的意思是说，如果直到婚礼那一天，你都一如既往地饱尝性爱之欢，那么蜜月旅行就跟另一次去外国度假没什么两样。如果我们现在放弃这么做，从现在到婚礼当晚……"

"还有差不多三个月呢！"内维尔惊呼道。

"但是想象一下，随着日子一天天临近，我们会多么憧憬那一天的到来啊。"艾玛劝说道，"昼思夜梦，翘首以待，那将是我们真正的蜜月。"

"那么这段时间我该做什么呢？打飞机？"

"别恶心我！"艾玛说。

"对你来说倒是无所谓。"他咕哝道，"但是一个男人需要身体上的放松，尤其是起早摸黑工作了一天或一整个礼拜后。有没有性生活的周末生活可是天壤之别呢。"

"为了我，宝贝，这段时间你努力不过性生活吧。你不会感到后悔的。"

她眼神中透露出某种暗示，如果他同意的话，他们以后可以肆无忌惮地做爱。内维尔曾提议过尝试不同的性行为，艾玛一直以来都拒绝配合，这时她也能看得出来，他对这种心照不宣的交易兴味盎然。

"好吧，看吧。"他说，"看情况吧。"

两周后，在内维尔即将前往迪拜前，艾玛正好被派到挨着布里斯托乡下的酒店参加周末课程培训。课程安排在周五至周一，但周六的清晨，厨房发生了一场火灾，损毁严重，课程被迫取消。正午时分，人们各自便作鸟兽散。在回伯明翰的路上，她试着给内维尔打电话，但他的移动电话关机了。她开门走进公寓，叫道："内维尔，是我！"却无人应答。当她走进客厅，首先映入眼帘的是一件女式衬衣和胸罩，就在沙发旁边的地板上，但都不是她本人的。她一动不动地站在那儿，大瞪着眼，呼吸急速加快。

内维尔穿着浴袍出现在卧室门口，随手拉上了门。"好啊，艾玛。"他说着，强装出他那人尽皆知的微笑，"你的课程怎么了？"

"你弄了一个女人在这儿。"她说。

他一声叹息，举起双手以示降服。

"是的。"

"让她滚出去。"

"她正在穿衣服。"

"她用得着这些，是吧？"艾玛看着扔在地上的衬衣和胸罩，鄙夷地点了点头。

这时候，卧室的门又开了。一个年轻女子披着乱蓬蓬的齐肩长发走到了客厅。她穿着牛仔裤，夹克衫遮住她丰满的身躯。"你好。"她对艾玛说，"有一点尴尬，是吧？"

"滚出我家！"艾玛说。

"当然，我会的。"这个女人嘴里说着话，从地上抓起衣服。"我也觉得尴尬。"艾玛后来不得不承认，在那种情况下，这个人渣还能泰然自若。

"她是谁？"女人离开后艾玛问。

"一起工作的。"

"你们这样有多久了？"

"没这样过。这是第一次。我们就是在办公室的圣诞晚会上搂搂抱抱而已，没有别的。今天早晨我们在星巴克又遇见了，聊了一会儿，然后去了斯特拉达意式餐厅吃午餐，喝了一瓶葡萄酒。她说她想看看这间公寓，因为她也打算在这一带买一间，于是我请她上楼来了，后来的事就顺理成章发生了……"

"我简直不敢相信你能做出这种事，"艾玛暴跳如雷，"这离我们应该结婚的日子也就十周而已。"

"可是这就是原因啊，艾玛。"他说，"如果你没有做出那个婚礼前禁止性生活的愚蠢规定，这事绝对不会发生。"他后来才对她此前那番话回过神来，"你什么意思？什么叫'应该'结婚？"

"你不会认为我到现在还打算嫁给你吧，是吗？"

"什么？就是因为我这么一次出轨吗？"

"但这是在我自己的公寓里！在我自己的床上！你怎么可以？"

"对不起，艾玛。"他边说边张开双臂朝她走去。她往后退缩着："别碰我！走开！让我一个人待会儿。我得好好想想。"

内维尔穿上衣服，从公寓里溜了出来，艾玛一个人坐在屋里静静思忖。内维尔的不忠对她来说犹如晴天霹雳。在她看来，他再也不能博得她的欢心，她再也不能信任他了。她怎么还能举办婚礼呢？但是，她又想，她又怎么能不进行下去呢？她怎么能使自己告诉父母和亲朋好友，就因为这个不光彩、让人颜面尽失的原因而取消婚礼，解除婚约？她的父母会惊骇万分，她的大家族也会感到震惊，脸上蒙羞，她的同事和朋友们会抱以怜悯，感到惊奇好笑，而某些她可以叫得上名字的人听到消息的时候则会暗暗窃喜。上班将是一种日复一日的折磨，而非往昔的快乐满足。由于她自己的勤奋，婚礼的筹划已近尾声，取消婚礼将颇费周章，代价不菲。此前运营经理曾提议过，让她买一份婚礼万一取消的保险，她对此一笑置之，而她父亲早已预付了一大笔无法退还的婚礼保证金，回想起来她感到一阵剧痛。婚纱礼服不能退回，而且必须买下来，但她再也不会穿上了，因为可以确定的是：如果她放弃这场婚礼，她就再也不会有另一个这样的婚礼了。即使将来某个时候她要另嫁他人，婚礼也只能是低调行事，以免勾起她对这场挫败的婚礼的回忆，或是让父亲再一次破费。

艾玛思忖着，也许，她可以原谅内维尔。

晚上，他很晚才回来。他面对她坐着，她欣喜地察觉到他脸上带着悔过自责的神情。她说出了准备好的一席话，说他对她造成了多么大的伤害，不过这件事能够坏事变好事，这种事情婚前发生总比婚后发生好一点。这样的话，忠诚的问题就可以摊在面上，对她而言，忠诚是极其关键的。她知道在他的观念里男人对女人有不同的需求和渴望，但是他错了。这时，她对他坦白了自己的事。"你还记得去年夏天我去巴斯的校友聚会吧？我遇见了汤姆，我念大学二年级时经常和他约会，事实上，他是第一个和我上床的人。他主修计算机学。我们关系十分密切，后来我在法国读了一年，不久，他来信说他正与别人约会。我大学最后一年回到英国的时候，他已毕业离开学校。校友聚会的酒会上，我们同时看见了对方。你知道，就像是电影里的某个场景，隔着满满一屋子人，我们都呆住了，一整晚都黏在一起，在酒吧的角落里坐着，几乎没有跟其他人说过只言片语。汤姆仍是单身，他说他才从一段恋情里走出来，我能够体察到那天晚上他希望和我一起过夜，便打趣说现在学生宿舍里的床铺比我们那时候的舒服多了。然而对我而言，尽管那时我极恋慕他，但那晚酒会结束后，我和他只是亲吻拥抱作别。接着，我回到自己的房间。这都是因为我们。"

内维尔对这段陈年逸事毫无兴趣。艾玛感到有些出乎意料，便草草结束了谈话，深思熟虑昨天发生的那一插曲。她决定，如果他能保证以后类似情况不再发生，她就既往不咎，如期举行婚礼。

内维尔没有急着回答。他清了清嗓子说："艾玛，我也在考虑，但我觉得不会有用的。"

"什么不会有用的？"

"结婚。"

"什么意思？"茫然沮丧感穿过了她全身，"那你当时为什么要我嫁给你呢？"

"我没有。"他说，"是你告诉我，我们要结婚了，然后我同意了。简而言之，我们之间的关系，问题就在这里。"

随后两人陷入无休止的争吵。艾玛试图吓唬他，就像她吓唬她自己那样，把取消婚礼的种种后果一一列出，但无济于事。他说取消婚礼会闹得满城风雨，但是也会转瞬即逝。"当然啦，不像对我，这对你来说关系不大。"她悻悻地说，"也不会花费你家一分钱。""解除婚约好过婚后一拍两散。"他直截了当地说。她退而摆出和解的姿态，承认自己太过武断，并承诺未来的日子里会更随和包容。她忆念起他们在一起享受的愉悦时光，表明他们曾是多么令人艳羡的般配的一对。她用了哭招。内维尔不为所动。那天夜里他睡在沙发上，而艾玛服用了替马西泮①，在卧室里寻求遗忘。

周日早上，公寓里的气氛冷淡。内维尔应该第二天飞往迪拜，一周都不会在家。"我回来后才能把我的东西搬出去。"他说。艾玛说："在此之前，不要对你的父母或者任何人谈起这件事。""我不在的这段时间，我也不会回心转意，"他说，"如果那就是你所期待的。""我没有任何期待。"她回答，"你跪下来求我，我也不会嫁给你。但是会吵得一塌糊涂，我才不会独自面对呢。""有道理。"说完，他开始收拾行李。

事实上，艾玛要求他保持沉默是另有玄机。第二天清晨，当替马西泮的药效褪去后，她躺在床上思忖着，她的完美婚礼眼看就要泡汤了，一个狂野大胆的念头浮现在

---

①一种安眠药。

她脑际。她不打算在六月份嫁给内维尔了，谢天谢地，总算可以甩掉他。如今她也领悟到，他已经不再看重她的人品——但假如她另嫁他人呢？假如她嫁给汤姆？她在讲述与汤姆阔别重逢的旧事时，并没有和盘托出。晚餐后，他们在酒吧一角开怀畅饮时，他告诉她，她看起来是多么好，他时常想起她，回忆起他们学生时代在一起度过的美好时光，她在国外读书的那一年他们匆匆分手，那时他少不更事，还不能意识到她是一位卓尔不群的女子，是一位值得等待并可以牵手终身的人。"从那时起，我生命里出现过别的女人，艾玛，但是没有一个人像你这样。"他说。当她告诉他她已经订婚，他脸上一副伤心的样子。"他是一个幸运的男人。"他叹息道。对她来说，这次重聚重新燃起了汤姆年轻时的个人魅力和炽烈的肉体吸引力。那天聚会结束，他们之间并不是单纯地拥抱接吻，而是在他房间的床上拥吻爱抚，是他邀请她到他房间去，睡前喝了一瓶存放在他房间里的威士忌。严格来说，她保持了体面，和他分开了，但是衣衫零乱，感情混乱。第二天早晨醒来，回想起昨夜的种种，她对自己的行为感到震惊，但是没有什么出格的事情发生，她也就松了一口气。当他们在餐厅用完早餐，在人前拘谨地告别以后，他把一张名片塞进了她的手里。名片上印着"托马斯·拉德克利夫，系统顾问"，上面还有他在伦敦的地址以及其他具体的联系方式，名片的背面则是亲笔手写的"如果有什么我能够帮忙的，请告诉我。汤姆"。好吧，是时候他可以为她做点什么了。

艾玛在她存放名片的皮夹子里找到了汤姆的名片，并给他发了电子邮件，告诉他她已解除婚约，感到孤独，愿意与他再次见面。他立即回复，"什么时候？在哪儿见？"通过电子邮件，他们快速地说好，他第二天会去伯明翰，并带她去一家米其林餐厅用餐。他告诉她，他已在凯悦酒店订了一间房过夜。但那天早晨她还是换了床单，以防另有情况发生。

他们在餐厅碰面，不久她便知悉彼此的想法不谋而合。当他问及她的住处时，她解释说相隔不远，可以在晚餐后带他去公寓看看。他喜形于色，恍若圣诞节已经提前到来，而服务生在他面前介绍分量少得可怜的前菜食材时，他也是充耳不闻。在他们等待主菜的时候，汤姆对艾玛与内维尔的分道扬镳给予了同情。"这算是一次幸运的逃脱，"她不屑地说，"他配不上我。你想过结婚吗？"汤姆皱起眉头："没有，我从来没有遇到过一个我觉得可以和她一起共度此生的人。""我怎么样？"艾玛大胆地问道。汤姆吃了一惊，笑了起来，随后意识到她的这个问题非同儿戏，便相应调整了面部表情。"艾玛，对我们俩来说，那只是一场初恋。"他郑重地说下去，"我们当时都太年轻，结婚是不可能的。"艾玛挑明："但现在不是这样了。""嗯……算了。"他说。就在那时，两名服务生正好出现，手里端着两个罩着镀铬金盖子的盘子，步调一致地在他们面前同时揭开。"但是，艾玛，我们是两种不同类型的人，"服务生离开后他说，"我们多年未见，除了去年夏天的那次重逢。或许我们应该时不时地彼此见见，谁知道会发生什么事？这盘大杂烩看起来有点意思，你的鱼怎么样？""问题是，"她说，"如果我们要利用已经安排好的一切，真没有多少时间了。"她一五一十地把那些事情都告诉了他。

在餐后撤盘和甜点上桌的那段时间里，艾玛不得不去了趟洗手间，当她回到餐桌时，注意到汤姆正对着苹果手机紧蹙眉头。当她坐下来的时候，他把手机揣进衣兜。"艾玛，我感到非常抱歉。"他说，"伦敦有一点紧急情况需要我去处理。"他狼吞虎咽地吃完甜点（艾玛的甜点丝毫未动），把她送回她的公寓大堂，匆匆地亲吻了她的脸颊，然后赶着搭乘去伦敦的末班火车。"我们保持联系。"他说。电梯里只有艾玛独自一人，她一直高声尖叫到七楼，重重地挥拳击打着填充墙。家中固定电话显示有一条来自母亲的语音留言，告知她婚礼请柬已经印好送来，并问她是否愿意什么时候过来帮忙填写信封。此外，内维尔写来邮件说他会在迪拜再待一周，他认为应该宣布取消婚礼，不该再等了。艾玛吞服了两片替马西泮，然后便上床睡觉了。

翌日，她母亲在工作时给她打了一个电话。"亲爱的，如果你忙，没空过来的话，我就自己把它们寄走。""不，别这样做，"艾玛说，"可能有一些变化。""变化？"多布森夫人重复着，感到疑惑不解，"为什么呢？""请柬措辞可能有误，"艾玛说，"我必须亲自检查。""亲爱的，别搁久了，"多布森夫人说，"没时间了。""我知道。"艾玛回答，"我会尽快过来。"从电话的背景音里，她能听见父亲生气地说着"告诉她不能再等了"。

她最后的救命稻草是互联网。她发现一家名为"搭便车"的网站，在那里，单身人士无须暴露身份便可以与潜在的婚姻对象联络。她发布了一份个人简介，措辞足以迷魂夺魄，又列出一份关于未来丈夫的特质清单，结尾说"必须在六月的最后一个周六举行婚礼"。她得到了许多回复，速度快得惊人，有些显然是严肃认真的，有些是觉得好笑的，另一些则是下流的。有个人给她发去了一张他本人阴茎勃起的照片。一位自称大学讲师的男子，三十五岁，听起来有戏，住在伯明翰附近，于是她安排与他在伯明翰博物馆和美术馆的茶室里见面。他说他会戴一条红色的围巾以表明身份。她说她会穿一件银色夹棉滑雪衫。事实上，她穿了一件米色的雨衣，这样她就可以在见他之前暗中观察。她早早就来赴约，而他早已在那儿坐着，面前放着一杯茶，一条脏兮兮的红色围巾系在脖子上，正在读报纸。他头发灰白，胡子拉碴，看上去和她父亲一样苍老。当她打量他的时候，他使劲抠鼻子，然后审视着指甲上的鼻涕，随即放进嘴里。艾玛急不迭地跑进卫生间吐了起来。

艾玛离开美术馆的时候，天空下起雨来。她把雨衣的兜帽拉过头顶，双手插进口袋，漫无目的地在运河边的小径上徘徊。最终，她接受了自己的失败。她不能再继续否认婚礼注定是要泡汤了。她开始承认她近来的行为已丧失理智，会招致严重的后果，这并不是出于她渴望结婚，而是把她的意志强加于不可理喻的现实之上。当内维尔辜负了她时，她竟能想到要在数周内寻找一个可以取而代之的男人，真是愚蠢至极。她停下脚步，凝望着运河里乌黑的水。

"抱歉，你没事吧？"

她转过身来，发现一个身穿夹克和牛仔裤的年轻人正站在离她数码之外的地方。他衣服的兜帽也拉过了头顶，但似乎意识到这副样子让人害怕，于是，他把兜帽拉了下来，露出一张令人放心的有雀斑的圆脸和一头漂亮的卷发。

"我无意打扰，"他说，"但……"

"你担心我会跳河？"

"我确实想到过。"他说，"你脸上带有那种神情。"

"就算跳河也没有用，"她说，"我会游泳。事实上，还游得很好。"

"是的，我相信。"他说，"这么说你没事吧？"

"没事，谢谢你。"

"那就好。"他走了几步，又转过头来。

"或许你想喝点什么？附近有家不错的小酒吧。"

"可以啊。"

"很好。"他伸出手，"我是奥斯卡。"

她与他握手："艾玛。"

"艾玛，那你是做什么的呢？"他从吧台端来酒水的时候问道。他给她点了一杯伏特加兑汤力水，给自己点了一杯啤酒。他们在一张小桌子旁相对而坐。

"我在银行工作。"她说。通常她对诸如此类问题的回答都是"我是银行家"，这听起来显得更有头有脸，但她料想"银行家"这个词会让奥斯卡联想到那些不择手段拿别人的钱疯狂赌博、引发信贷危机、获取巨额红利的肮脏的人。"你是做什么的呢？"她问。

"我是一名概念诗人。"他回答。

"什么是概念诗歌？"她问道。

"概念诗歌就是以诗歌的形式呈现出的任何语言文字。你信手拈来就是。找到即可。"

"去哪儿找？"

"俯拾皆是。天气预报，小广告，足球赛结果……越普通越好。我正在创作一首长篇叙事诗，是关于从兰兹角到约翰奥格罗茨的旅程的卫星导航系统说明的抄本。诗歌名——《能转弯的地方就转弯》。"

艾玛轰然大笑。这笑声也着实让她自己感到惊讶，她意识到她很久没有这样笑过了。"你是说你仅仅抄写导航说明？看起来可没有什么独创性啊。""独创是追逐个人的满足。概念诗歌在语言本身的神奇面前是谦恭的，不把个人意愿强加于它。"

"有点意思。"艾玛说道。

"当然，带着《能转弯的地方就转弯》这首诗，我自定路线，驾车上路，所以这首诗在这一意义上是独创的。"

"你能背诵一段吗？"

"当然。"他那双明亮的蓝眼睛注视着她，她感到就像天使的眼睛一般，他用轻快而柔美的声调吟诵着："穿过环岛，第二个出口，然后再穿过环岛，第三个出口。向右转，然后靠左行驶……靠左行驶……前方两百码处，进入出口，进入高速公路。前方出口！……前方八百码处，进入出口……进入出口……然后向右转……向右转……能转弯的地方就转弯。"

"真好。"艾玛说。此举超凡的随意性使她入迷。

* * *

数日后，艾玛被父亲在她语音信箱里留下的一条怒气冲冲的留言召回了父母家。"到底发生了什么事？"一进屋子，父亲关上大门就问，"内维尔的父母今早给我们打来电话。他从迪拜给他们发了邮件，说你已经解除婚约，取消了婚礼。他们以为我们都知道了。我不知道该说些什么。"

"没错。"艾玛说。她的母亲正好来到前厅，听到这番话哭了起来。"啊！艾玛！"她哭嚷着，"婚礼请柬都发出去了！这是怎么回事？"

"他欺骗了我。"艾玛说，"我本打算原谅他，但是关于结婚一事，他已经改变了主意。"她简要地给父母讲了这段插曲。

"狗杂种！"多布森先生说。他的语气渐渐缓和下来，一只手搭在艾玛肩上宽慰她。"我很想因为取消婚礼产生的费用起诉他。"

"没有必要取消婚礼。"艾玛说，"我们现在只需要再印一份新的婚礼请柬。"多布森先生把手从艾玛肩上挪开，多布森太太目瞪口呆地看着她。"什么？"他们异口同声地问。

"没有必要取消婚礼，因为我正与另一个人谈恋爱，他也打算和我结婚，而且他可以在六月的最后一个周六和我举办婚礼。"艾玛说。

她的父母惊恐地交换了眼神。"他是谁？做什么的？你认识他多久了？"多布森先生问道。

"他叫奥斯卡，是一名诗人，我四天前认识他的。在运河的纤道上。"

"我已经给你说过，梅布尔。"多布森先生说，"她已精神崩溃了。因为这场婚礼。她承受不了。她需要帮助。"

"我不怪你这么想。"艾玛答道，"我承认最近有点疯狂。但我从未感到比现在更为清醒。"

"清醒？你把打算和一个你四天前才认识的人结婚叫作清醒？还是一个诗人？写诗也不挣钱！"

"奥斯卡有个人收入，而且我以后会给他打理资产，比他现在的做法明智多了。"

"他有多少收入？"

"我不知道确切有多少。"

"你当然不知道。显然，这个人是个骗子。我明白是怎么回事，你执意要办婚礼，因此可以和任何人结婚，哪怕你嫁个收垃圾的，你都不愿把婚礼取消。你这样会让我们都成为笑柄。我不会允许你这么做的。我打算全部取消。以后不要让我再为另一场婚礼买单。"

"好吧。"艾玛坦然，"我们就悄没声地在婚姻登记处注册结婚，不举行婚礼仪式。"

多布森先生沉吟了片刻，因为这无疑说明艾玛真心爱上了这位诗人。当他发现她已经见了奥斯卡的父母，他的父亲是一名高等法院的法官，母亲则是知名报纸的专栏作家，而他的个人收入来自他的教母，一位贵妇的年金赠予，他变得对这事有了好感。到一天的结束时，多布森先生认可了让奥斯卡取代可鄙的内维尔的想法。多布森夫人为艾玛感到高兴，不过她仍然忧虑亲戚和朋友们对临阵换新郎可能产生的反应。"让他们偷偷笑话吧，如果他们愿意这样做的话。"她丈夫说，"最重要的是艾玛感到幸福。"

她的确沉醉在幸福之中。六月的最后一个周六，天气多云，熏风如醉。不过，当这对新婚夫妇从朗斯塔夫教区教堂走出来的时候，太阳穿过云层照在新人身上，艾玛看起来光彩四溢，奥斯卡看起来像天使。婚礼招待会在朗斯塔夫礼堂完美举行。伴郎是奥斯卡大学里的朋友，他发表了婚礼致辞，巧妙地暗示了原先喜帖中一个小细节的修改，引来一大片笑声。艾玛紧捏着桌子下丈夫的手，恬静地笑着。即使没有其他原因，就凭这一点，在场的每个人都会永远记得她的婚礼。

我的前一个老婆 —————————————

我的前一个老婆，挂在墙上的那个，看上去好像活的一样。是的，她漂亮，没错。莱瑞·洛克伍德拍的。花了我老鼻子钱了。那时候他可火了——他的东西登在《时尚》《哈泼斯》等所有那些时髦的杂志上。他在伦敦西区办了个展览，维芙撺掇我去看，说她特想让他给她拍张肖像照。当我看到他的标价的时候，我说，咱们先照张证件照怎么样？当然，我只是在开玩笑。我很迁就她。我们结婚还不太久。洛克伍德开着他的路虎，带着两个助手和一大堆器材设备——照明灯、屏幕以及那些伞样的东西，在书房里架设好。嗯，说实话，我不怎么看书——这样也好，因为他待了整整一个星期。我们游泳池旁边的附属建筑物里有一套客房，因此我也没有理由不让他待下去。一个星期，就为了照他妈的一张相！咳，当然不止一张，他照了他妈的几百张，可是他不满意，说他在寻找一个完美的镜头。是的，我想他最后拍到了——反正他自己满意了。还有维芙也满意了。去吧，好好看一看。是啊，有意思的表情。你不是第一个这么说的。或者琢磨表达的是什么情感。我可以告诉你，反正和我没有任何关系。当时我不在场。起初我看着洛克伍德干活，但是很快就厌烦了，就走开了。她告诉我那是在最后一场拍摄时照的。也许是洛克伍德说了什么特别赞美她的话——那是他的风格。"很可爱，亲爱的，"他会说，"太棒了，太棒了，眼睛再多给我一点儿表情就行了。"他管所有人都叫亲爱的。我不好反对，尽管不喜欢他这样。"保持一秒钟，亲爱的，我换一下镜头。你的面颊骨太出色了，你自己知道吗？"维芙贪婪地听着。她一向特别爱听奉承话，甭管出自谁的口——摄影师，或者她的理发师，或者夏天来检查游泳池化学成分的小子。她喜欢人，他们也喜欢她——这对我来说有点太过了，我不喜欢。她怂恿他们。她看人一点品位都没有，根源就在此。我是说，我并不是个势利的人。我是个白手起家的人，在政府的救济公寓里长大，十六岁时怀揣着普通中学几门课通过的证书离开了学校，靠处理垃圾赚了钱，从一辆二手货车小打小闹地开始。现在我拥有一个驳船队，穿梭在泰晤士河上。当一个人有了这样的成就时，我觉得他在自己家里应该得到一定的尊重。当维芙付给理发师钱的时候——在我禁止他上门以前，他常常到家里来——她会给他很大一笔小费，并且微笑着表示感谢，那微笑和我给她一条钻石项链作为生日礼物时的微笑一模一样。如果她经过花坛时，园丁剪下一枝玫瑰给她，她会满脸傻笑地拿到屋子里来，用鼻子闻着，仿佛那是某种可卡因。这开始让我感到恼火。我们吵了起来，主要是她在吵。跟她结婚的时候我可没想到会这样。那时候她是个害羞的小姑娘，漂亮，但是听话。她不敢相信她的好运气：大宅子，自己的汽车，仆人……但是这些冲昏了她的头脑，她开始对我回嘴，无礼地顶撞我，直到有一天我扇了她一巴掌。我可以告诉你，她再也不笑了。我扇得并不狠，只是拍了一记，可她那股闹腾劲儿会让你以为我打碎她珍贵的面颊骨了。我出差回来才发现她跑了，搬回娘家去了，向法院提出和我离婚，用我给她的所有珠宝饰物支付律师费。没错，我对维芙非常失望。我是个老派的人，相信妻子应该把丈夫看作一个不同一般的人。这就是为什么我联系了你们机构。

我听说东方的妻子在这方面就很优秀，怎么说她们就怎么做，不回嘴，琢磨丈夫的需求，你明白我的意思吧？你寄给我的那张照片……她叫什么名字来着……对了，库拉普，她看上去挺不错的。我想当面和你谈谈这笔交易，我很满意这种做法是合法的，所以感谢你能来。等我们决定了日期，我会飞到曼谷去见她，如果一切顺利，就把婚结了。啊，是的，维芙得到了她要的离婚——以及一笔离谱的分手费。这个国家的离婚法简直可笑，但那个没用的可怜家伙呢，他得被迫拿出一半辛苦挣来的钱。这就是法官判给维芙的：我一半的资产。你信吗？我上诉了，幸亏在二审前她死了，所以我花费的只有律师费。车祸。她独自一人，没有目击者，因此没有人知道为什么她的迷你会开出道路落入深谷。不可思议。尽管我们之间发生了这些事，我听说了之后还是为她感到难过。所以我仍旧把她的相片挂在这里，铭记于心，不想让有些人以为我怀恨于她。咱们到游泳池旁的吧台去喝点酒吧？看样子你需要喝点。我有许多单一麦芽苏格兰威士忌可供选择，如果这是你喜欢的烈

酒的话。这边请。这是我获得大英帝国员佐勋章①的时候在
白金汉宫外面照的。这可确实花掉了我一大笔钱。我指的
是那块牌牌，不是照片。

---

①大英帝国的第五级勋章。

后　记 ————

　　《赖床的男人》创作于 1965 年至 1966 年的冬天，那时我情绪低落。一部分原因是我拿着哈克尼斯奖学金在美国和妻子及两个孩子度过了愉快的一年，回英国后产生了一些逃避现实的症状。另一部分原因则是回到伯明翰这间带双卧室的居所时，其房屋质量之差、建筑比例不协调、房间供暖不足等情况令我深感不满，加之我对能找到一间既负担得起又具有更好条件的房屋感到绝望。抑郁症的一个典型症状以及与之密切相关的焦虑状态是，人们从睡梦中醒来的那一刻，会立刻意识到它的直接原因或其他诱因。一个人无可救药地渴望着能回到睡眠的空白状态中。他会竭尽所能地拖延起床的那一刻，可即便他贪恋睡眼惺忪时温暖的迷糊状态，也会满怀愧疚地意识到迟早要起床，去面对余下的一天和肩负的责任。（我在创作这个故事的时候或许也正是这种情况。迟暮之年，我发现这种困境出现了某种新的、讽刺性的逆转：我很早醒来，其实很容易翻个身再接着睡，因为我已退休，可以任性而为。然而我睡意全无，满脑子都是消极的念想。为了逃避它们，我穿衣起床。）

可想而知，这段经历如何萌生出了一个关于不愿意起床的男人的虚构故事。故事中主人公的生活不尽如人意，他心中渴望温暖、如子宫般舒适的被窝，这让他无视所有的惩罚，而这些惩罚能确保最终我们还是得起床。开始时，故事是以如愿以偿地实现某种逃避的幻想而展开的。但继续创作时，在关于幻想是应该贯穿故事始终还是被现实击败的问题上，我拿捏不定。

这位主人公成了某种民间英雄，一个世俗的圣人，变得妄自尊大：他似乎看见天使与圣人从层云叠嶂的天国凝视着他，召唤他跃身加入……他竭尽全力，拽开被子，扔在地上。在我的经纪人交给《每日电讯报》周末版的稿子中，故事接着写道："他感到寒冷与黑暗。他在太空中。'你以为你在干吗？'他的妻子说，'闹钟还没响呢。'"换句话说，前几页描述的整个经历都是一场梦，后来他又回到现实中，开始了令人沮丧的一天。

我对这个结局并非完全满意，因为如梦初醒是一个如此平铺直叙的套路。编辑对此也并不满意，尽管他喜欢这个故事。他提出建议，这个人难道不能死吗？或者是躺在床上感到无聊，然后起床？后一种提议平庸俗套，我并没有多加考虑，但前一种提议却促使我写下了最终付梓出版的结局。我决定让死亡在令他逃避生活的这种索然无味的实际环境下，降临在这个男人身上，这些都是由对房间的初始描述中的一个细节来展现的：吊灯底座与房门之间长长的锯齿般的裂缝仿佛在对他发出冷笑。在故事的前面部分，我插入了一段对装修时修补和遮掩裂缝的描写，而它的再次出现，则与修改后的结局相得益彰。这一结局对主人公的惩罚比原先的来得更严厉，把故事变成了一个可怕的惩戒故事。但也许我只是通过写作，给自己上了一课。

故事的基本理念与 2012 年出版的已故作家苏·汤森的小说《在床上睡了一年的女人》相似，有一些共同的叙事元素。汤森小说中的女主人公，就像我小说中的主人公一样，由于拒绝起床而成了一名社会名流，甚至在她的床上方的天花板上也有一道裂缝，她认为具有象征意义。我不认为她的作品受到了我的影响。这样的想法很容易出现在任何一位描写同一主题的作家的身上，而十九岁的苏·汤森却不太可能在 1966 年读《每日电讯报》，那时我的故事刚刚出版。

《小气鬼》起初是专为广播电台而作，于 20 世纪 70 年代在 BBC 播出（我不太记得具体播出日期了）。故事基于我儿时的个人经历。二战结束后的一两年，我和我的朋友们的确找到了一位高尔夫球场小木屋外的老人，奇迹般地贩售战前的烟花爆竹，但故事的结局是虚构出的。我选择讲述这个故事，就好像它是我的小说《走出防空洞》中的主人公蒂莫西·杨早年生活的一个片段，尽管它是在小说之后写作完成的。就像小说的第一部分一样，它的风格模仿了詹姆斯·乔伊斯的《一个青年艺术家的肖像》前面的章节，以及他的短篇小说集《都柏林人》中关于童年的短篇故事，所有一切都是通过一位不成熟的主人公的意识来体现的。

《我的第一份工作》于 1980 年首次出版，是我基于早年生活的一段插曲而写出的另一个故事。那是我十七岁时，在离开学校和等待上大学之间做的一份暑期临时工。故事中，我使我的成年叙述者成了一名社会学家，而不是我最终成为的小说家和文学评论家，以便在叙述中表现对社会经济的嘲讽，还赋予了他与我大相径庭的家庭背景。那条吊起霍斯金斯先生中风瘫痪的嘴唇的小金链子，是从我儿时伙伴的父亲那儿借用来的。这玩意儿着实让我着迷，我从来没见过别人戴过这个。

《在气候淫热的地方》于1987年首次出版，但在此之前几年初稿就已完成，故事同样追忆了更为久远的岁月。随着60年代和70年代的性革命运动席卷英国社会，旅行社开始针对十八至三十岁的年轻人推广地中海沿岸的跟团旅游，承诺游客将有数不清的性乱交机会，还可以享受阳光、沙滩及桑格利亚酒。颇为讽刺的是（或许让人满怀妒意的是），把这些广告所传递的美好愿景与我还是学生时在国外度假的记忆相对照，我在开放社会到来前创作了这则滑稽的故事，在20世纪50年代地中海的艳阳下，四名英国年轻人享受着短暂的假期，性挫折感上升至狂热的程度。

《酥胸酒店》的主题类似，但故事本身以及创作时间都在20世纪80年代，写的是中年人。1985年，我与妻子在法国南部观光旅游。假期短暂，我们住在几家安逸舒适的酒店里，每家酒店都设有泳池。许多酒店的女宾客就在泳池边晒日光浴，她们很自然地脱掉或拉下泳衣上身（此举现在并不如此普遍）。与我同代的一名异性恋英国人对这一奇景完全不能无动于衷，尽管出于礼仪，他假装对此浑然不觉。思索这种情景下关于女性袒胸露乳的矛盾而心照不宣的行为准则，成了我故事的一个灵感。另一个则是与格雷厄姆·格林有关的怪异事件。

我曾在英格兰两次见过格林，偶尔也与他书信往来。他的小说对我青少年时期和成年早期在创作上的努力有很大影响。他为人良善，为我两部小说的腰封奉上赞赏的引语。他邀请我去他在蔚蓝海岸昂蒂布的家中拜访，假期甫一开始我便接受了他的邀请。在他那不起眼却可俯瞰小码头的公寓里，他给我们倒上金汤力酒，然后带我们去一家港口旁的餐馆吃午餐。在那里，他饶有兴致地畅谈自己的工作与生活。

在我看来，我应该把这次见面的回忆写下来，第二天我便这么做了。我坐在普罗旺斯某个乡下酒店的泳池边，周遭尽是司空见惯的女宾客袒胸露乳晒日光浴。突然，一小股毫无征兆的旋风刮过酒店，把椅子、太阳伞、桌子吹得东倒西歪，我的稿子也被吹到半空中，飘散到整个乡野四邻。面对就要失去的手稿，我感到惶恐不安。在妻子的敦促下，我与她跳上租来的车子，在一两公里的范围内搜寻着散落的稿页，直到看见它们挂在私家庄园里山坡的树枝上。我们沿着一条蜿蜒的小路来到一座摇摇欲坠的大房子前，一位女士正坐在阳台的一张桌子旁——写作。我开始感到恍若是在梦里，或是在布努埃尔①的电影里。事实上，这所房子是巴黎学者们的一个隐遁之所，而这位女士就是其中之一。她颇有魅力，当向她解释我们为何会出现在这片土地上时，她觉得很有趣。她带我们来到能看见散落其间的稿纸的山坡上，令人称奇的是，我们找回了其中的几张，虽然有些已沾上了泥土，但字迹仍然清晰可辨。这次奇特的经历，加之我对裸露上身晒日光浴的思考，促使我创作了《酥胸酒店》这个故事。

在我回到英格兰后，我写信给格林，感谢他的热情款待。对于小密史脱拉风事件，我忍住不提。我确信这会让他觉得好笑，但我不愿承认我写下了关于我们谈话的回忆，

---

①路易斯·布努埃尔（1900—1983），西班牙电影导演，主要作品有《资产阶级的审慎魅力》《一条安达鲁狗》等。

因为我并没有征得他的同意。也许他不会介意，但我并不想拿我极其珍视的友情来冒险。

1992 年，受 BBC 广播部的委托，我创作了《田园交响曲》，该系列故事在古典音乐会的间歇播放。BBC 拿出一张耳熟能详的交响乐和协奏曲名单，邀请作家们各自创作一篇与乐曲相关的短篇故事。看到名单上贝多芬的《第六交响曲》，也就是《田园交响曲》，我想起了年轻时为我所在的伦敦东南部天主教教区创作的耶稣诞生剧。剧中，《牧羊人之歌》被用作配乐，于是我写下了这个故事。几年后，在我的小说《治疗》中的一个章节，我借用了同样的经验（事实上，在我的回忆录《生逢其时》中也有过描述）。我的作品的忠实读者可能会在同一事件两个虚构版本的相似与不同之处中获得一些乐趣。

这本书的最后两个故事是新近创作完成的。《一场刻骨铭心的婚礼》发生在 20 世纪的伯明翰地区，我从 1960 年开始就住在那里，当时我受聘在当地最古老（也是当时唯一）的大学里担任助教。自那时起，该地区发生了巨大的变化。像英国其他工业城市一样，城中心被重新规划开发，以适应服务业和休闲娱乐设施的发展，满足居民各种享乐追求，包括高级餐饮（我刚到这里的时候，发现这个概念似乎与当地环境格格不入）。与之前的故事有所不同的是，除了这个地方是我真正生活过的之外，故事里没有任何来自我个人经历的东西。创作这一故事的基本想法来自一些朋友告诉我的家庭的趣闻逸事：这家人住在英格兰的另一地区，我的朋友们和他们也不太熟。这家人的一个女儿订婚了，并筹划了一场盛大豪奢的婚礼。然而，喜帖发出后，婚约却因为不甚明了的原因被取消了。但这位年轻女子并没有取消既定婚礼，而是在婚礼的原定时间和地点选择与另一个人结婚。我的朋友们没有出席婚礼，对婚礼的细节知之甚少。我认为这对小说家来说是某种挑战，需要想象这场婚姻是怎么回事，于是我写下了《一场刻骨铭心的婚礼》。

很显然，这是关于这位年轻女子的故事。显而易见，她必须是个性格执拗的人，决意让全世界屈从于她的个人愿望。我给她取名为艾玛，意在指明她与简·奥斯汀笔下的女主人公的隐约相似之处，只有在她怀着谦卑之心、有了自知之明时，才最终找到了如意郎君。与她同龄、同阶层的人们，有着与前几则故事中描绘的截然不同的性道德标准。年轻一代视同居为理所当然之事，但年长一代多多少才勉强接受。在特定的情况下，同居的时间越长——尤其对女性来说——谈婚论嫁的可能性就越大。在这样一种关系中，和已婚夫妇一样，出轨是对信任的严重破坏。如今，举办婚礼的大多都是长期以来一直保持性伴侣关系的人们，婚礼仪式已经丧失了传统的那种具有进入人生新阶段的意义。因此，也许他们不吝花费越来越多的时间和金钱，也不惧怕麻烦，为婚礼增添一种戏剧化的色彩。我从日报的一篇文章中读到，仅仅有伴郎在场已经不能满足某些新人的需求了，他们会命令一只受过训练的猫头鹰飞下过道，去送交他们的结婚戒指。艾玛·多布森以自己婚礼的操办人自居，执意要把她费尽心血筹划的婚礼进行到底，即便这需要她在最后一刻另觅新郎。她很幸运能如愿以偿。

《我的前一个老婆》是我的最新作品，发表在 2015 年的小众文学杂志《卓越》秋季刊上，这是一本由克莱格·瑞恩出版社编辑出版的小成本刊物，故事缘起罗伯特·勃朗宁的一首诗，《我的前公爵夫人》。那是一个完美的短篇故事，它或许为另一个在现代语境下的故事提供了模本，与原作形成了有趣的对比。不是拙劣的模仿，而是向原作致敬。"我的前一个老婆，挂在墙上"这一诗句在我脑际久久回旋，我沿着诗句继续创作。而事实上，勃朗宁诗的第一行是"我的前公爵夫人，画在墙上"，这表明公爵夫人的画像是壁画，但我想象的是现代版的一大幅挂在墙上的照片。

《我的前公爵夫人》于 1842 年出版，是一部戏剧独白诗。这种诗歌形式最为勃朗宁所倡导，他将其运用于众多历史和当代的主题。不同于简单的独白（例如我的短篇故事《田园交响曲》），它给出两个人对话中其中一个人的话语，这样读者就必须推断体察出听者对发言者的话语的反应。这极大地增加了读者释意的努力，在这种情况下，随着情势的真正性质的出现，戏剧张力也会加剧。尽管《我的前一个老婆》本身是一个完整的故事，我希望读者可以理解交织的层面，更多体会故事的饱满。《我的前公爵夫人》是一首家喻户晓、备受推崇的诗歌，经常在中学、学院及综合性大学里被研读。但不可避免的是，我的一些读者对此并不熟悉，甚至有可能不记得其中的细节。为了便于这两类读者理解，我附上勃朗宁的诗歌。诗歌标题下的"费拉拉"是作者最钟情的地方——文艺复兴时期意大利的一座小城，他将故事安排在此地发生。发言者被认为是费

拉拉的公爵阿方索二世·德·艾斯特（1533—1598），他
娶了托斯卡纳大公科西莫一世·德·美第奇的十四岁千金。
虽然她的家世并不如他显赫，但因为嫁妆丰厚，两年后他
被怀疑毒死了她。

我的前公爵夫人

费拉拉

我的前公爵夫人，画在墙上，

看上去她似乎还活着。

而今，我把它称作奇迹。

弗拉·潘道夫的手忙碌了一整天，她就站在那儿。

你愿意坐下来看看她？

我有意提到弗拉·潘道夫，

所有像你一样的陌生人凝视着这幅画，

体察到她目光的深邃与热情，

他们会转身过来对着我（因为除了我，

再也没有谁为你把画上的帷幕拉开）

如果他们敢，他们会来问我，

这样的眼神从哪儿来的？

你并非第一个人转头这样问我。

先生，并不是她丈夫在座，

使公爵夫人春风拂面，或许

弗拉·潘道夫碰巧说过"夫人的披风

盖过了手腕太多"，或是

别指望任何颜料可以复制

淡淡的红晕在你颈部隐退。

她想，那些话不过是恭维之词，

但足以唤起她内心的愉悦。

她的心，怎么说呢？太容易取悦，

也太容易感动；她看什么都喜欢，

而她的眼睛又爱到处看。

先生，那全是另外一回事。她胸前佩戴着我送的礼物，

夕阳余晖洒落在西边，

那些献殷勤的傻瓜，

把从果园里攀折来的樱桃枝奉上给她，

她骑着绕行园圃的白骡，所有的一切

都会让她赞许，

或脸颊泛红，至少。她向人们致谢，那很好。

但她的感激之情，我说不上为什么，好似她把

我给她九百年的姓氏与其他人的礼物相提并论。

谁会屈尊去责备这些轻浮的举止。即便你舌灿莲花，

而我不具有这种本事，

让人明白你的要求，并说道，

你这点或那点让我厌恶，这么做不到位，

那么做又做过头，

即使她能让自己听你的训诫，

而她也不和你争辩，也不会为自己辩解，

我也觉得这有失身份；

而我绝不屈尊俯就。噢，先生，毫无疑问，她微笑着，

每当我经过；

但是谁经过不是得到同样的微笑？事情发展至此，我

下令。

于是一切微笑就此为止。

她站在那儿，就像活着一样。劳驾起身？

人们在楼下等着。我重复说道。

你的主人，伯爵先生，众所周知，为人慷慨阔绰，

这足以充分保证我对嫁妆

提出任何合理要求都不会遭拒绝；

他的窈窕千金，正如我开头声明的，

才是我所追求的目标。

别客气，先生，让我们一起下楼。注意这个海神，

正在驯服一匹海马，据说是件奇珍异宝，

是茵斯布鲁克的克劳斯为我特制的青铜铸像。

写给《赖床的男人》

——向戴维·洛奇致敬

[法] 费利宾·海曼

读者会以不同的方式对他所阅读并且喜爱的故事做出反应：对《赖床的男人》这个故事而言，我的反应是：它是一件家具。《赖床的男人》这本短篇故事集是以其中的一个故事命名的，我的回应是针对这个故事做出的。由于戴维·洛奇的热情创意，这一文学和设计之间合作的结果是在伯明翰圣像美术馆的一次展览，以及我在其中看到这个故事的那本书的新版。

《赖床的男人》讲述了一个男人的故事。他厌倦了生活，厌倦了每天早晨起床去过没有尽头的同样的一天天。一天早晨，他意识到自己"只爱做一件事：在床上躺着"，于是干脆拒绝起床。这位主人公，或者说反派主人公，最终执行了自己的计划——他卧床不起了。他短暂地成了当地的名人，但在很多个月或很多年以后，当他终于想从床上起来的时候，已经为时太晚——这时候他已经虚弱得起不来了。

这个故事在我的想象中留下了如此生动的影响，也让我和这个虚构的不想起床的男人产生了如此的共鸣。它助长了我要为这个人物——我们每个人的内心都隐藏着他——创造一件量身定制的家具的愿望，来克服家具世界里的欠缺：一个能让人们舒舒服服地躺着阅读或工作的平面，一个和床、椅子以及书桌等距离的平面。这样，"赖床的男人"就成了一件新型混合家具：一张由伸臂或悬臂支撑在书桌上的安乐椅，这张安乐"椅桌"（需要造一个新词）提供了一种合乎人类工程学结构的物品，用的是一般按摩台所具有的"脸洞"原理，使用者可以在脸朝下的时候阅读或工作，使他能够同时"不起床"而又"在办公室里"。

安乐"椅桌"的问题质疑了长期以来的联想：垂直是工作活动，而平卧则大多是懒惰，在我们把勤奋工作神圣化的资本主义社会里，懒惰是被否定的。在这个方面，故事中赖床的男人可以被看作服务型社会造就的想象中的反派主人公的典型。当我们不得不去工作或上学时，赖床不起的诱惑是普遍存在的；是对我们的制度中超级多产的理念的微型反叛；是一种倒退的趋势，想继续留在一个安全温暖的子宫般的环境之中。但是，这种微型反叛，如果不是毁于起床的决心，就是毁于不起床的内疚感。安乐椅书桌会是这一困境的解决之道，因为其目的是在一个独特的空间中协调工作领域和家庭领域——书桌和卧榻；也可能会成为对法国超现实主义诗人安德烈·勃勒东①的人工制造物形式的回应。他敦促我们"战胜这个令人沮丧的想法：行动和梦想的脱离是无法弥补的"。

可以把"赖床的男人"看作一件乌托邦式的家具，但它同时也是对我们的服务型社会和桌椅的支配地位引起的体位问题的一个严肃的、人类工程学上的回应。在典型的西方生活方式中，我们大多数人都像故事的主人公那样，每天都"在一个死气沉沉的办公室里"，将八小时消磨在单

①安德烈·勃勒东（1896—1966），法国诗人，评论家，超现实主义运动主要创始人之一。

调乏味的工作上，多数时间是坐着，而且大多是不利健康的姿势，其自然结果就是急性或慢性腰背疼痛，并伴有许多其他的不适——这也是缺勤的主要原因之一。

人类的脊柱旨在支持站立的身姿，而不是成九十度坐着。我们坐在椅子上的时候，会出现几种情况：首先，支持躯干的背部和腹部的肌肉会松弛下来。于是，为了校正以取得稳定性并对抗地心引力，我们很快就进入了懒散的姿态——腰椎脊柱前凸，变平甚至反向弯曲成脊柱后凸。但是，为了保持脊柱的曲线而不断坚持"理想"的直立姿势，则会引起背部和肩部肌肉的疲劳。其次，我们坐着的时候，身体的大部分重量都压在两块小小的坐骨上，所以不得不总是把重量从一侧换到另一侧来减轻压力，结果造成脊柱的不对称。最后，坐着的时候，血液流动会受到股部的压迫而积累在腿的下部，使得我们坐立不安，必须不断动来动去以避免腿部肿胀。由此可见，我们十分善于弥补椅子的缺点——这些缺点就连最厚实的靠垫也无法抵消——却不去质疑椅子这种典范的正确性。

安乐"椅桌"的设想旨在解决这些问题。其水平的设计可以均衡分配身体的重量；地心引力保证了椅子部分的稳定性；脊柱的弯曲受到了重视（椅子部分一百四十二度的设计和脊柱弯曲的角度大致相同）；最后一点，双脚的高度使得血液无法在脚部积累。就像在一张按摩台上那样：我们可以平衡地俯卧着，同时通过脸洞阅读"桌子"部分上摆放的文件，双臂以舒适的角度垂在两侧，两手空着，可以翻篇、写字或打字。如果坐着的目的是使工作中不需要使用的肌肉得到放松，那么安乐"椅桌"能够比传统的椅子起到更好的作用。当然，并不存在完美的椅子这样的东西，也不存在什么完美的姿势，因为我们需要不断地活动，否则最后可能落得和赖床的男人同样的下场。

这件名叫"赖床的男人"的家具也许是一个绝妙的冬日故事所结的怪果，充满了诗意、黑色幽默以及实用的、切实的人类工程学方面的考虑——但是，除此之外，正如本文的次标题"向戴维·洛奇致敬"所示，是向故事背后的那个人致敬。他对我，作为读者和设计者，都有着极为重要的影响。

著作版权合同登记号：01-2018-3693

图书在版编目（CIP）数据

赖床的男人：戴维·洛奇短篇小说集／（英）戴维·洛奇著；王家湘，周曦译 .
— 北京：新星出版社，2019.5
（戴维·洛奇作品）
ISBN 978-7-5133-3417-4

Ⅰ.①赖… Ⅱ.①戴… ②王… ③周… Ⅲ.①短篇小说－小说集－英国－现
代 Ⅳ.① I561.45

中国版本图书馆 CIP 数据核字（2019）第 034679 号

赖床的男人：戴维·洛奇短篇小说集

[英]戴维·洛奇 著；王家湘 周曦 译

策划编辑：程 卓
责任编辑：孙立英
特约编辑：程 卓
责任校对：刘 义
责任印制：李珊珊
装帧设计：冷暖儿

出版发行：新星出版社
出 版 人：马汝军
社 址：北京市西城区车公庄大街丙3号楼 100044
网 址：www.newstarpress.com
电 话：010-88310888
传 真：010-65270449
法律顾问：北京市岳成律师事务所

读者服务：010-88310811 service@newstarpress.com
邮购地址：北京市西城区车公庄大街丙3号楼 100044

印 刷：北京天恒嘉业印刷有限公司
开 本：889mm×1194mm 1/32
印 张：6
字 数：100千字
版 次：2019年5月第一版 2019年5月第一次印刷
书 号：ISBN 978-7-5133-3417-4
定 价：54.00元